U0565771

小说家的散文

赵兰振 著

野火明亮

河南文艺出版社
· 郑州 ·

图书在版编目（CIP）数据

野火明亮／赵兰振著. -- 郑州:河南文艺出版社,2025.1.
-- (小说家的散文). -- ISBN 978-7-5559-1733-5

Ⅰ. I267

中国国家版本馆 CIP 数据核字第 20241HV306 号

选题策划　陈　静
责任编辑　梁素娟
书籍设计　刘婉君
责任校对　梁　晓

出版发行　河南文艺出版社
本社地址　郑州市郑东新区祥盛街 27 号 C 座 5 楼
承印单位　河南瑞之光印刷股份有限公司
经销单位　新华书店
开　　本　787 毫米×1092 毫米　1/32
印　　张　7
字　　数　136 000
版　　次　2025 年 1 月第 1 版
印　　次　2025 年 1 月第 1 次印刷
定　　价　56.00 元

作者简介

赵兰振，1964 年生，河南省郸城县人。1983 年南阳卫校大专班毕业。19 岁立志写作，26 岁发表处女作，此间一直做医生。1998 年赴京，改行做文学编辑。2003 年到《十月》杂志任职，曾任《十月》副主编、十月文学院副院长。现居北京，专心从事写作。出版有长篇小说《夜长梦多》《溺水者》、中短篇小说集《草灵》《摸一摸闪电的滋味》等作品。

目　　录

第二辑　思想闪电

第三辑　觅火者

让文学回归文学本身

第一辑　记忆在燃烧

启蒙书

　　在一次规格极高的会议上，堂堂的某著名大学校长一不小心，就像一个人走在堂皇的大理石地板上脚下一跐，他当然没有摔倒，而是嘴角滑出了一个字，他读错了这个字的发音。本来这是一个常用字，是"鸿鹄"的"鹄"，揭竿而起的陈胜佣耕之时曾经慨叹过的"燕雀安知鸿鹄之志哉"，说的就是我们可怜的校长读错的这个字。一时间举国哗然，全体国人皆觉此事不可饶恕。要是一个平民百姓，念错一个字也就罢了，没人去计较，但这是位高权重的最高学府校长啊，为人师表，怎么能允许念错呢！声讨之臂林立，让人想起祖国大地上半个世纪前曾经出现的壮观景象。校长无比难堪，抬起手擦汗，回到办公室彻夜难眠并撰写了一篇道歉文章，情真意切，说了他当初如何在一个边远之地接受最初的教育，连学习拼音都很困难，根本没有可能字字读得准确。校长忘了当下已是网络年代，几乎所有人都可动一根指头点出"百度"

之类的搜索网页查出每一个生僻字的发音，跟这样一群人说往昔之事，只能招致更猛烈的炮火。沸沸扬扬的声浪有增无减，人们认可的仅是校长道了歉这事让人快慰，但从心里没人会高抬贵手放过读了错字的校长。

我看着事态的发展并恶化，吓出一身又一身冷汗。因为我比校长更惨，作为一个以文字为生的人，竟然不止一次读过错字，可能还被人讥笑为"白字先生"呢。没人当面戳穿这层窗户纸，但我能体会到他们目光中的轻蔑，似乎也能听到他们转脸之后不屑一顾的低低耻笑声。

只有在 1970 年代偏远地方生长的人，才能理解校长的苦衷。当时没有老师，更没有字典，甚至连书籍都没有，一本书在乡村里弥足珍贵。九岁那年，我从一个远亲那儿得到了一本书，是当时流行的长篇小说，叫《征途》，写的是一群年轻人去东北上山下乡的经历。我软缠硬磨，待在远亲的家里不声不响也不离开，他看实在没有支走我的办法，就说你替我去大队代销点称半斤盐吧，让你看半月的书。我瞪大眼睛，不敢相信好事这么轻易来临，攥着他递给我的一张毛票，飞快地跑向两公里之外的代销点。我跑得上气不接下气，而且抄了近路，从一片刚刚收割过的豆茬田里蹿过。我穿的是一双底子磨得菲薄的布鞋，我踩着了一片蒺藜窝，蒺藜轻而易举穿透鞋底并深入脚板。但那本书吸引着我，我一点儿也没觉出疼痛。我坐在田里拔掉鞋底上钉满的圆囫囵吞扎手的蒺藜,没有端详脚板是否出血,跳起来没有太大障碍就又接着跑。在那个秋天的下午我跑得濡透了衣裳,但掂着半布兜盐冲过村子时,我心里洋溢的幸福无法言表。我理所应当拿到了那本《征途》,而且在接下来的半个月里如饥似渴地啃噬它。

现在我仍能记起那本书的每一页,记起从上海去黑龙江的兄妹俩——钟训华和钟卫华,还有事事正确的梅英姿,还有作为资产阶级小姐典型的万莉莉……我能透过那书看见遥远的黑土地,看见那里的大雪和森林,体会到那透骨的严寒,甚至能听见雪夜里熊瞎子的嗥叫。在我成长的中原地区,不可能有熊的影子啊。我用漫无边际的想象来丰富贫瘠的阅读。

只恨我当时认得的字太少,读前 50 页时,至少有一半的字我根本没有碰过面。一场浩大的命名运动开始,我用我单纯而幼稚的智慧给每个跳到我面前的汉字起名字。在我九岁的时候,我已经开始挑战仓颉、许慎。我磕磕绊绊用自己的读音往下顺,我的目的是读懂它,知道它到底说的是什么。我没有顾及正确的读音,因为没有字典可查,村子里也不可能有知道读音的老师。估计有字典我也不可能去查,小孩子都喜欢简便,总避开麻烦事儿。我只读半边或者上半截,实在读不出来的就用臆造的读音。我觉得我是走在一条布满了大大小小巨石、鹅卵石的山路上,但山后的风景吸引着我,我高一脚低一脚艰难地往前走。一块块石头渐渐熟悉,我叫出了它们的名字,也大致揣摩出了它们各自的性情和想法。当读到第一百页时，不用怎么琢磨停顿我已能明白列队的石块们竭力要干什么，于是另一个世界打开，无限风光在我面前铺展。我激动不已，沉浸在"芝麻开门"的巨大喜悦之中。

这本书是我的识字课本，我囫囵半瘫地在半个月内读熟了它，下了硬功夫。它成全了我的阅读梦想，但同时也害我匪浅，因为下的是童子功，那些张冠李戴的别字读音纠正起来格外困难。所谓童子功，是生长之初的介入，已经长进你的血肉，改又改不了，剔又剔不掉。你束手无策。你被自己过硬的功夫打趴在地上。最可怕的是这些别字一错经年，日积月累的重复把错误变成一种习惯，把错误变成另一种正确。没有课本，也没有老师。没有人告诉你正确的读音是啥。从小学到初中，天天往学校跑，但粗布缝制的书包里很少装书，因为许多学期开学时是没有新课本的。要是哪次发一回新书，所有孩子都当成重大节日看待。至于老师，虽然总是站在讲台上发号施令，可肚子里的墨水比坐在下头的学生多多少少恐怕还是个问号。老师们都曾是这个学校的学生，说不定昨天还在田里干活，今天已经抽调到学校课堂里站讲台。他们扯着喉咙卖力地讲课，但读字的正确率总是和声调高低成反比。他们教字的错别率不算太高，比我自己瞎猜乱想要略好一些，但能好到哪儿去只有天知道。

在我读小学四年级的时候，我得到了一本字典。为了买那本字典我费尽心机，与父亲周旋，撒泼哭闹，终于拿到手三毛钱。我一歇子跑到镇上,那里有一家新华书店,二话不说买了那本字典。我如获至宝。可惜那不是常用的《新华字典》,而是四角号码字典。那是一种需要极高的智商才能破译掌握的查字法,一般人不使用,于是随时都能买到。至于那种偏旁部首检字的《新华字典》,经常缺货,并不是你想买就能买到的。新华书店没有《新华字典》卖,也是那个年代的奇观。

这本像是发电报一样组合字码才能查字的字典经常藏在我的书包里,很少见它张开双臂神采飞扬。我不喜欢它,觉得它不是字典,而是一本被遗弃的敌台发报机的密码簿。对,是敌台,这个词现在很少使用了,而当年却家喻户晓,指的是潜伏的间谍使用的无线电发报机,信息传送的秘密通道。

我天天混迹于一群错别字中自得其乐。有着强大磁力的是连环画,我们叫画本。《敌后武工队》《林海雪原》《奇袭》《小英雄雨来》《鸡毛信》……那是连环画最火热的岁月,所有题材应有尽有。为了得到一本连环画我挖空心思,与拥有者展开各种交易,不计成本。只要一拿到手,那才叫饥饿的人扑到面包上,头也不抬一口气细细读完,读完了还要不断地品咂,对于重点画页与说明文字反复把玩。看到集镇上竟然有画本摊儿,一本本摆放在木架子上,花上两分钱就能租一本尽情翻阅,我羡慕得涎水长流。但画本摊儿是集镇的专利,怎么可能摆进村子里呢!

我的阅读革命发生在五年级,那年我十一岁。在一个星期天,我去找邻居伙伴玩耍。我刚进他家就发现桌角放着一本书,尽管那书已经看不出书的模样,猛一看像是一把枯豆叶,就那样蓬松地堆在八仙桌的角上。没有封皮,也没有扉页,甚至没有目录,所有外层的页面皆已剥落,两只敞口书角乱蓬蓬的,没有一页是伸展的,全在卷窝着,书脊两只书角磨秃成了弧形。那书卧在桌边上,更像是一只抱窝孵蛋的翻毛母鸡,脏兮兮的。但那确是一本书,在乡村无边的寂寞里不得不让人刮目相看。我拿了起来,而且随手翻了一页。我对这本乱扔的破书不抱任何阅读期望,只是出于本能——看见了任何带字的纸我都有阅读冲动——我快速地读完了一页,马上又读下一页。我有点喘不上气。我觉得一室光明,觉得我不是我了,我被书上的文字迅速融解蒸发。我看见了碧波万顷的蔚蓝大海,一艘轮船在缓缓航行,而漂亮的美人鱼见到了英俊的王子,马上要化为浪花和泡沫……我完全沉入了故事之中,觉得那文字是那么神奇,另一个世界如此绚烂丰富,光彩夺目。我忘记了去找邻居伙伴玩耍的目的,在他推我搡我时我舍不得挪开目光,像根本不认识他是谁。我两眼直盯着书页,与现实远远地隔离。我读书读痴的事情成了新闻,左邻右舍都来一看稀罕。他们围着我议论纷纷,试图把我拉起来,拉离那魔力强大的书,但我的双眼没有挪开地方,没有朝他们张望一眼。书里的世界太精彩,这世界上的所有事情都无法把我移开。

那天的午饭没有吃,我一口气把那本破损的书读完了。我记

8

住了所有内容，记住了每一个故事甚至人物的名字，但我不知道那本书的作者是谁，不知道书名是什么。直到若干年后我读了大学，有一天在图书馆里看到了《安徒生童话》，我才明白当年读的那本书是谁写的。

但那次神奇的阅读意义非凡，应该是我热爱文学的起点。我大学学的专业是医学，毕业也做了十几年医生，但我念念不忘的仍是那本书，那些文字创造的精彩世界强烈吸引着我。语言是如此神秘而美好，语言的力量又是如此强大，阅读这些语言的感受是如此飘飘欲仙的美妙……这些都让我倾情文学，把文学写作当成生命。最后我还是选择拿起笔来，立志要当一个安徒生那样的作家，写出一本能够穿越残破的世界独自闪闪发光的书来。

决定要写作，首先要消灭错别字，直到这时我才知道读错的字多么根深蒂固，不是你想纠正就能纠正的（要是读大学中文系，我就能精通斩尽杀绝的技艺，将衣缝里隐藏的虱子一般的错别字一一剿灭）。我不断地翻查字典，同一个字可能要翻查无数遍，想着下一次不可能再读错了，可到了关键时刻常常被打回原形，仍然发那个最初的错音。我把那些字记在一个小本本上，装在衣袋里可以随时查阅。我将这记满了错别字的小本本放在书桌上，规定自己每天早晨起床后至少重读一次，但是收效甚微。那些错别字就像一群回归出生地产卵的大马哈鱼，冲破一切艰难险阻，任何障碍都无法打断行程，该读错的时候，照错不误。

有时真想放弃努力，不再管这些错别字。我是一个作家，靠的是无声的语言说话，读音发错就让它错吧，我又不当演说家。但自己很明白这是遁词，语言的意义很大程度依赖于发声，读错了显然会歪曲词义。我必须纠正这童子功夯实的谬误，不管这个过程有多么艰难。

错别字，是一个逝去年代刻烙在我们身上的痕迹，它携带着痛苦，也铭记着欢乐。但只要是错误的事物，改邪归正是唯一正途，没有选择。

爆竹

人身上的各个部位都有自己独立的记忆,甚至比大脑的记忆还要清晰。这是一种先于大脑的直觉。每到过年的前几天,我的右手虎口就会刺痛,手指也莫名地发痒。只要手上这些痛与痒如草芽一样生发,我就知道该过年了。这些手上的草芽与春节有关,与春节满空炸响的爆竹有关。

在我的家乡豫东平原,过年的头一件大事就是放爆竹。不仅仅是辞旧迎新,也不仅仅是响亮地渲染气氛,还是预言或者说谶语。作为年货的最重要物品,每家每户都会精心准备好年夜的鞭炮,还有除夕关门睡觉时燃放的三声炮仗、五更里起床时燃放的另外三声炮仗。鞭炮则是在年夜的饺子盛到碗里时才噼里啪啦爆响,吸引成群结队的孩子捡拾炸落的没来得及完成任务的小炮。说是小炮,其实并不小,有些鞭炮中的大雷子照样也会当逃兵,别的炮仗热热闹闹跟着起哄一起响应时,它们却一闪身跳到

11

了地上,藏身于红的黄的炮纸之中,不是眼尖的小孩子很难发现它们。拾炮是孩子们的头等大事,他们三五成群打着玻璃纸的灯笼,有的也拿着手电筒,挨家挨户等待人家鞭炮点燃,好冒着炮火和手榴弹般的炮仗钻进领口里爆炸的危险趴在地上寻找失落者。你要是慢一点,要是稍微眼钝手迟一点,某一只大拇指般身裹赤红衣裳的炮仗就走进别人的口袋里了,再与你无缘。所以一窝蜂般叠罗汉般满地寻觅疯抢是年夜里的盛景,也是放鞭炮必不可少的环节。要是家里放炮没有成群的小孩子参与,主人会觉得沮丧,是大不吉利的事情。鞭炮的预言功能极强,假若年夜里一挂鞭炮响了半截一下子鸦雀无声,或者不是一气呵成响尽,这户人家在新一年里会万事不顺,处处梗塞。这是屡试不爽的谶语,也是家家户户那么重视年夜炮的缘由。有人去放三声闪门炮时,有着无限后坐力的大雷子把驮着它的板凳炸裂了;有人去点燃鞭炮时,炮声未响,倒是噗噗嗒嗒一盘炮散落一地……这些都是对新一年里百般事务的明确预示,村子里的每个人都会心知肚明。

你不去豫东平原上密集的村子里过一回年,永远无法明白年夜里鞭炮的阵势。试想一下,千家万户挑出长长短短的鞭炮在黑夜里一齐燃放,远远近近都是鸣响,一声声一层层一堆堆,像是声音的森林,比树叶稠密,比星星明亮耀目……伴随着这层层叠叠声响的是辉煌的烛火与灯笼,是默不作声动作的人们(除了小孩子可以高声说笑外,成年人不能随意放大声音说话,他们害怕惊扰悉数出动的诸神和祖先)。放鞭炮吃饺子之前,要先在堂屋的供桌上摆放刀头、大馍等各样供品,供盘的后头是一只满盛麦子高粱谷子的粮斗,中间有三根榆皮线香袅袅升起轻烟。烟雾缭绕的后墙上贴着玉皇大帝的庄严画像,两侧的红纸对联写着"敬天地三杯美酒,谢神明一炷清香"的美好祝福。鞭炮演变成红黄的纸雨纷披而下,在地上积着厚厚一层,像是秋天严霜后的落叶。这些碎炮纸要等到"破五"之后才能打扫,因为村子里有规矩,不过破五是不能扫地的。破五就是大年初五,那一天必须吃面叶,来弥补来年各种可能的漏洞。

孩子们捡拾炮仗不是为了敬神,而是为了玩耍。我们每个人都能捡到半口袋大炮小炮,在接下来的几天里克制着痒痒的手指头偶尔掏出来一只点燃,然后在捻子眼看燃尽的千钧一发之际撂向高空。我们比赛看谁撂得最高,谁的炮最响。这也是一种极危险的游戏,稍有闪失那炮仗就会提前在手里发声——那可不是好玩的事情,你的手会被炸裂,会疼痛流血。但越是危险越有吸引力,没有一个孩子会不参加这种游戏,那些散落的逃兵炮仗会志得意满在高空接连不断发言,和同样志得意满撂它的那只手遥相呼应。狗窝里放不住剩馍,我们抑制着欲望尽力节省着放炮,但也难过破五,早已是两兜空空。有心机的孩子拾了炮并不急着让它们飞上高空,而是一只只小心剥开,倒出里头黑色的火药,收集到空墨水瓶里,然后——你想想吧,这些黑火药装进自行车链子扣成的平时只能让火柴发声的玩具手枪枪筒里,一旦燃爆,该有多么隆重与辉煌,会让每个孩子眼馋地盯着那枪,嘴角流出明晃晃的口水。

那一年我七岁,我捡到了一只比擀面杖细不了多少的炮仗,让我在年节那天的一大半时间都沾沾自喜。本来我打算破纸取药,因为大炮仗肚子里的黑货最多,一只能倒出半把火药。一想到我要拥有半把闪耀出亮星子的黑火药我就心醉神迷,陷入无限憧憬。但我还是憋不住,到了那天下午决定不再贪图火药,我要听一听巨响。我令那只大炮仗站稳在地上——我可不敢拿在手里点燃后再撂高,因为我怕它捣鬼,临阵会不及时爆炸(一只不跟随群炮轰鸣的逃兵是难以捉摸的)——然后向它伸出专门用来点炮的线香。香火与炮捻触碰,引发灿烂的小火花,火花跳跃着前行,渐渐接近红彤彤的炮仗,接着火花又潜入了炮仗体内。我们远远地望着,捂紧耳朵,单等那一声巨响轰然而至。我们捂疼了耳朵也没等来响动,已经过了太久太久,一个孩子于是说,"捯捻儿了!别等了"。捯捻就是制作炮仗时捻子栽折了,没有挨着火药,当然也就放不响炮。

我从容走上前,像当初捡它时那样从地上捡起大炮仗,攥在手里——就在我握进手里的刹那,这只老谋深算的炮仗突然发火,咚地一响,我觉得天旋地转,浓得呛鼻子的扑面而来的硝烟、闪光、耳朵一时的失聪……最重要的是右手,一种沉重的麻扎扎

14

的像是猛然灌注进了无数生铁的液体又立即凝成固体……整只手再不属于我！我呆愣了一刻,没咂挣过来究竟发生了什么事情,接着才是疼痛才是大哭不止。疼痛苏醒了,沉痛突破了极限,让我不能不哭,仿佛只有无尽的泪水才能稍微冲刷止痛。

其实我的手炸得并不重,因为当时只有土火药,用柳木炭、硫黄和火硝土法制成,杀伤力有限,不具备把一只孩子的手变得血肉模糊的能量。只是我的右手整个被浸染成了黑色,没有流血或开裂,但很明显那只纹路黑浅的小手不再属于我,在我的胳膊末端顾自颤抖着,痛苦着,一副可怜相。

欢乐总是和痛苦并行,这是颠扑不破的真理。在接下来的几天,我仍然和伙伴们奔跑在村街上,忍受着手上的肿痛,但脸上并不缺少笑容。因为年节里吸引人的物事繁多,炮声未绝,元宵节的烟火已经接踵而来,每个孩子又能点燃蜡把儿放进灯笼,明晃晃挑着满村乱窜……

但疼痛却长进了手上的肉里,比钟表更准时,每到春节前夕,总要顾自痛麻一回。到了大年初一的后半晌,我的右手在那特定的一刻还要痉挛一下,用轻微的疼痛与颤抖来纪念儿时那场失败的游戏。

我的小田鼠

日子像一层层尘灰,掩埋了许多往事,但那只小田鼠,那只不大的小田鼠,却活跃在尘灰之上,从没有被埋没过。

那只小田鼠真的是太小了,身子缩成一团时,就像一枚法国梧桐的球果;冷风吹开它短短的细毛,吹出一朵朵细细小小的涡旋,它外层的毛色黄灰,而里层则有点发白。当握着它的小身子时,能觉出它身子里像有一群蚂蚁在爬——它在颤抖。它实在是太害怕了。

但我们一点儿伤害它的心思也没有,相反,把它当成了宝贝。我激动得不得了,连个篮系子都不会解了,两手干舞夆就是干不了事儿,因为我的手和它小小的身子一样在不停地颤抖。我一看它那个惊乍模样就喜欢上它了。我已经决定要和它做朋友,像我和曾经的那些麻雀朋友、蝈蝈朋友一样。

我是在一处被人刨过的土坑里看见它的,是人家刨田鼠窝挖豆子的一个土坑。每个田鼠窝里都有仓库,仓库里储存有满腾腾的金黄豆粒,是田鼠在整个庄稼季节为寒冷的冬天而苦心经营的。田鼠当然想不到正是这些严冬里的希望招致了灭顶之灾。小田鼠很可能是剿家之后的幸存者。它还太幼小,一下子失去亲人,有点不知所措,就那么瑟瑟抖动着,半个身子藏在残洞里,另半个身子暴露在坑底。

　　我还是个孩子,急于想让人知道我的重大发现。我憋粗脖子大吵大嚷。呼啦一声,伙伴们包围了小小的土坑,一双双滴滴溜溜的眼睛盯住了小田鼠。于是它愈加害怕,不顾一切地一跃而起,像地底下有一只手,不经意地拿着它朝上一扔。哧溜一下,它已经从一双双腿脚组成的栅栏里蹿了出去。它跑起来真是太快了,有点让人意想不到,看上去像是根本没挨着地面,出出出出,就像一粒弹子疾射在一块绿玻璃板上。真有点难为它那四条嫩红嫩红的小爪子了,假如我们是一两个人,能否逮住它是个问号,但我们是一大群,有十几个人,它纵是插上翅膀也不一定能飞脱。我们呼呼哧哧,大呼小叫围追堵截。小田鼠最终严严实实被盖在我翻转的鞋窝里。我一只手按着它,又怕它再跑掉又怕按疼了它。夜色倏地笼罩了我,头顶上布满一颗颗光灿灿的星星——伙伴们伸着头,一张张小脸蛋层层叠叠遮覆了我,光亮被阻挡,像是夜晚降临,只有眼睛闪动。赤着一只脚的我一点一点移开鞋帮,还好,小田鼠已经丧失希望,缩在那里咻咻地喘着气,一副听天由命的无奈模样。

那时的我至多也不过是七八岁，和伙伴们正在捡拾红薯皮。有一个女教师领着我们，说是勤工俭学。红薯皮是晒制红薯干时落在麦田里的，才硬币大小，晒干后又是泥土的颜色，除了我们这些以眼尖著称的小孩子，大人们很难辨别。但在那个粮食匮乏的年代，人们饿得有点发花的双眼看好些东西都不甚清晰，唯有对这吃的物件，是毫不含糊的，再粗心的人也不会随便就把能填饱肚子的红薯皮遗留在野地里，所以我们大多歉收，篮子里空荡荡的。但女教师的脾气很好，我们都愿意跟着她在田野里逛逛。况且又是初冬，麦田碧翠，一望无际。此时的麦苗才二指多高，有种"草色遥看近却无"的新春感受，应该说是家乡最美的时节，甚至比真正的春天还要美妙。

这一下我可找着事儿干了，在伙伴们的帮助下，我好不容易才解开竹篮臂上的篮系子——是一截麻绳，又手忙脚乱地好不容易才拴住小田鼠的后腿。我把小田鼠吊在篮臂上，让它刚及未及篮底，上不着天下不着地，这样它就不至于乱窜乱跳——说不准还会照着谁的手背咬一口呢，我吃过这样的亏，不止一次被蝈蝈咬过手指被护窝的喜鹊啄过头皮。此后一整个下午我的心就和这只小田鼠一同悬系在那截细麻绳上，一会儿怕勒疼了它，一会儿又怕绳子松了它会哧溜逃掉，反正是再也没有拾到一片红薯皮。

冬天天短,等到我们返回小学校(其实只是生产队里的两间闲屋),等到放学我提着篮子小心翼翼回到家里,夜幕已经降临。站在我家的小土院里,我茫然起来,不知道该怎样安置这只小田鼠。我不知道把它养在什么地方合适,因为以前养的都是蝈蝈啦小鸟啦什么的,还从来没有养过田鼠,似乎也没见别人养过。我不想向大人们求教,因为我清楚在这些事情上大人的知识通常少得可怜,并不比我们孩子多,而且还总是横加干涉;我甚至都不想让他们扫信儿我要养小田鼠,我想秘密地做我的事情。

　　在院子里站了一刻,很快我就有了办法——田鼠的洞不都是打在土里吗,土里才是它的家,在土里它才能安心,也才能听从我的调养。我把它拴牢在树上,就像拴一条狗那样,然后,我在树根旁挖一个洞,让它藏卧里头,让它把洞当成它的家,喂食的时候我站在洞前唤一声,嘭嘭——不,不能用唤狗的方法唤小田鼠,我要想出一种新的唤法!养上半个月我就能养熟,因为我疼它,而所有小动物都是通人性的,这样我就能牵它出去——牵一只小田鼠遛遛,多么神气!我还可以撒开它,撒开它也不会跑掉的,就像我曾经喂熟的那些小雀一样。(有一只小雀我从刚出壳的光屁股喂起,喂得它能绕着我的头顶飞,能一飞飞走一天,晚上又千里迢迢飞回笼里来。但那只小雀后来还是死了,夜里笼门没关严,黄鼠狼趁机下了毒手,至今想起来我心里仍是一片黯然,因为是我临睡前一时疏忽,没关严笼门。)当你在田野里逛时,一只小田鼠兴冲冲地给你领路,服服帖帖地听从你的使唤……我的天,那该是一种怎样舒坦的感觉呀!

说干就干,我握着铁锹,马上在院子角落里的一株椿树旁挖了起来。那株树不算太粗,能很容易地把绳子拴上去,树旁的地面也高,干干爽爽的,一定是小田鼠喜欢待的地方。我干得满头大汗。我把土块揉得蓬蓬松松的,就像被子一样柔软舒服,然后"请君入瓮"——把小田鼠放进了里头。我把细碎松软的土粒一层层撒在小田鼠的身上,小田鼠喜欢土,是土里长的物件,不会压着它的。不过我还是有点担心,我怕它吃不消,会感到憋闷,因为这毕竟不是它的家,不是它那与外头畅通的弯弯曲曲的洞道。不过很快我就打消了这种顾虑,因为站在椿树前待了好一会儿之后我再从土里拽出小田鼠,它仍是机灵灵的,活蹦乱跳,一点儿也不蔫头耷脑。我知道它挺喜欢这个新家,这里挺合适它的。于是我就放心地把绳子拴在了树根上。

第二天早晨我一睁开眼睛,头一件事情就是看小田鼠。我从床上一跃而起,直奔院子角落里的椿树。但是拴在椿树上的麻绳犹在,小田鼠却不知了去向!我怀疑它是藏在土坑底,可一把一把清空土坑,连一根鼠毛也没有找到;也不可能是猫请走了小田鼠,因为我们家没养猫,当时村子里的猫也是有数的几只,从没光顾过我们的小院。最后我才相信小田鼠是咬断绳子跑掉了,催开我绚烂的想象之花的我的小田鼠真的跑掉了。我拉着那根残绳,有种被遗弃的感觉，心里空落落的，突然间想哭。

但小田鼠已经攫住了我的心，我为小田鼠牵肠挂肚。小田鼠跑了，它能重新跑回它的田野吗？村子太大了，我家又在村子的中央，离田野太远，中间隔着无数的房屋，还有两三口大池塘，还有村子周围的一圈护村沟，宽得就像河流……我为我的小田鼠无限担心。我怕它溺水，怕它被村子里的老鼠围攻（田鼠和老鼠不是一类，田鼠的尾巴短，脊梁上有一条墨线，显得干干净净利利落落的，一点儿也不脏），怕它山高水长，又不能明着行路，压根儿就摸不到田野里去……又想起小田鼠小小年纪就家遭浩劫，没人疼没人爱地成了孤儿，现在又要自个儿东撞西突，在村子里流浪。不止一次，我为我的小田鼠伤心，悄悄地流泪。

后来只要见一只田鼠，我总是怀疑是我的那只小田鼠。我算着它早该长大了（假如它没遭什么意外，能够长大的话），但我没有它的记号，无法把它从众多田鼠中区分出来。我使劲地想，把脑袋想痛，试图想出我的小田鼠的特征，试图一下子认出它来，让我也让它自己一阵惊喜。但我一次次失望了，我深深地后悔当初没有用心把它看清，没有记住它……

直至今日，当那些生活中不多的快乐像花朵一样在某一天悄然开放时，那一天的夜里，我一定会梦见我的小田鼠：它被从大地深处扔出来，经过短暂的飞翔又摔落在大地上；还没来得及从伤痛里苏醒，危险已经先期降临，于是它紧张得浑身发抖，左冲右突,疲于奔命……可在它的小小身体之下,生机勃勃的大地是那样无垠地碧绿,绿得让人望一眼顿生缓不过气来之感!

与水为善

那一年夏天连阴了三十几天,在三十几天里天天雨水涟涟,紧一阵慢一阵;天明接着天黑,耳朵里从来就没断过雨声。我们潮湿的皮肤长出了白醭,在白醭的覆盖下做着关于阳光的梦。我们觉得这个暑假被淋漓的雨水溺毙,没有半点生机。我们蠢蠢欲动的小小活泼心灵对晴天已经绝望,已经做好了与满地烂泥共度余生的充分准备。恰恰在这个时候,天,放晴了,树上的蝉开始大着胆子扯起嗓子欢唱,不像下雨时那么哀哀地短促悲鸣。更叫人意想不到的是,太阳尽管被乌云埋没了一个多月,但露了面仍是火辣辣的明亮,仍和先前没有半点差别。我们在阳光下抹着脑门上的汗珠,黑着眼睛都觉得极欣慰。

大人们称这样的雨天为"水天",称满坑满河的大水为"发水"。由于疏浚不畅,在我们村子里,几乎年年都要发一发水,要是大禹活着,他仍需不时来村子里走动走动,而且要"三过家门不入",借借天帝的"息壤",才能使村街上横淌的泥浆河干涸,使村子里那三口大坑溢出的碧水淹不塌人家房屋的基础。

但那三口大坑却是我们的天堂,要是没有这么广阔的水面,我们真不知道该如何对付童年的炎热。我们把游水叫作"洗澡",只要身上见汗,我们一准要跳到满坑碧水里去。满坑碧水除了埋葬有我们同伴的尸体,也埋葬着我们只有童年才有的喧哗与笑语。

没有人能说清那些大坑的来历,似乎是祖先们为了对付匪患,绕着原始的村落挖了一圈护村河;后来,护村河的某些部位因为取土或者浇灌什么的原因宽广了起来,越来越宽广,直到阔大的水面演变成现在碧波万里(在孩子们的眼里确实如此,就让我用这个词吧)的大坑。村里人年年增多,有些人家就搬到了坑的外堰,三口首尾相连的大坑像是牵着手的三兄弟逐渐深入村子内部,就像一落草它们就躺在了村子里一样。村人们在坑里洗衣服,淘粮食,养鱼,当然,大小村人们也把大坑当成天然的澡池和游泳池,当成消夏避暑的理想场所。

那年我才八岁,身高一米多不了太多,要是游在水里,身子并不比一条三年生的鲢鱼长多少,游水技巧更是与鲢鱼们有天壤之别。我不是鲢鱼,但我渴望成为一条鲢鱼。我渴望能在水里自由自在,既能在水面哧哧溜溜乱窜,又能在水底如履平地游行。要实现这个理想需要艰苦努力,需要和死亡并肩而行。我当时还不知道这个深刻道理,当好几个伙伴笨拙地打着"嘭嘭"(我们称狗刨式为"打嘭嘭")在水深远远超过他们身高的深水里嬉戏时,我坐在坑堰上,用一只手支着下巴颏儿,眼巴巴地望着他们。我嘴角的口水差一点被他们满池满槽的快乐逗出来。我决定不再延宕,马上为理想付诸行动。

我把光溜溜的小身子浸泡在近岸的浅水里。有许多小鱼跑来稀罕我,啄得我肤心乱痒。我不敢往深水里走,只要水漫到肩膀以上,我的身体就开始不是我的身体,开始漂起来,仿佛水底有只大手无声又轻柔地托着,而且剥夺了我对自己身体的管辖权。当时我不可能明白浮力这回事儿,我对水底来历不明的那只大手感到恐惧。我的小身子配合着水中无处不在的涟漪颤抖。我蹲在浅水里,胆子一直麻嗖嗖的,嘴唇不住地哆嗦。

但水底的神秘却紧紧揪着我的心。这个世界上任什么都无法泯灭人类的好奇心,连死亡对好奇心也束手无策。我的身子和水波共鸣着,我向深水里探出一只脚,又探出一只脚。水在悄悄埋没我,肚脐不见了,拱在皮肤外头的肋骨胸骨不见了,比高粱米还要小些的对称在胸部的乳头不见了……我小心翼翼被水淹没了身子,水轻轻托起我的下巴。水波抚摸着我,我嗖嗖的胆子在看不见地被水泡胀。在恐惧的包围中,恐惧开始消失。

为了探听水底的动静,我憋足一口气,下定决心,身子一屈就把头缩进了水里。我听到了另一个世界的声音,遥远又清晰,沉闷又清脆。那是波浪在水底的交谈,那是大大小小鱼儿们的轻唱。我也看见了另一个世界,浑浊得发黄,比被褥更厚重——我在水下睁开了眼睛,但水拒绝我窥知它的端的。它严严实实地向人类保守着最后的秘密。

树木从大地上伐下后,若是借助太阳和风的暴力来抽干它们曾经郁郁葱葱身体里的血液,它们就会痛苦得扭曲,并会崩裂出一道道沟壑,用这种毁灭自身的方式无声(不,有时憋急了它们也能发出裂帛般的鸣响)地抗议。那样木材就不再成为木材,就有悖人类的初衷。有悖人类初衷的事情人类自有办法对付——俟它们一入彀就淹在水里,淹他一个月、两个月、三个月……直至服从,直至无声无息,叫你是什么你就是什么!不但淹灭你抵抗的行为,还要淹灭你抵抗的声音与念头。让你永远严丝合缝,不再动一下思绪,不再咧一下嘴唇。不摧毁你的身体,但彻底摧折你的灵魂。然后——拿来当我的栋梁,栋梁之材!

现在就有一根这样的木头漂在我的身边。它早已死在水里,身体被水统治,成了水的殖民地,因而它的浮力很小,只能勉强驮动像我这样的一个小身子。这根沉浸的树干仅被伙伴们当作初学游水的道具,一旦能够漂浮在水里,他们就都懒得再理它。死树被丢弃在大坑的角落,丢弃在我的身旁。我伸出两条胳膊抱紧它,试着从坑底抬起脚——于是我悬空在了水里,就像抓住树枝悬空在了空气中一样。

我有些吃惊，又有些欣慰。我还没学会游水，但我知道这种身子悬在水中的感觉就是游水的感觉。只要有了这种感觉离学会游水的日子也就不远了。我再度将身体漂起，又漂起，几乎平趴在了水面上。死树很够朋友，它没有轻易沉下去，它半沉半浮在波浪里，仿佛在告诉我：放心吧，我驮起你的身子还是绰绰有余的。

我的身子漂浮了起来，因而我的胆子更大。我趴在死树上，一时兴起竟放心地学着伙伴们打起了"嘭嘭"。我听到了我的双脚激惹起的阔大响亮的声音，不用看也知道有许多雪白的盛大水花正在围着我的脚板灿烂绽放。我有点忘乎所以。甚至我都能只用一只手扶树，腾出另一只手送一只趴在树体上的螺蛳回到水里去。树体上敷衍着一层厚厚的幽暗苔藓，腻腻的滑手，沾染着浓重的死亡气息，像是阴曹地府分泌的黏液。我吃力地抠紧树，稍一松懈两只手就不再有所攀附，而是为寻找一茎救命稻草拼死狂舞在水花深处。

死树在不知不觉地移动，驮着我悄悄靠拢死亡。但我沉浸在兴奋里，对这一切一无所知。我已经离开了对我来说安全的浅水区，身处危机四伏的比我的身高要高出一倍的深水里。水，随时随地都能够吞噬我这具只有八岁年龄的小小身体，和小身体里包藏的那颗小小心灵。

虽然会凫水，但伙伴们对大坑中心仍心存畏惧，他们的小头颇在水面上一顶一顶地待在不远处,离我最多不过五六丈远。他们个个身手不凡,有人能一猛子扎出两间房子那么远,有人能从这堰到那堰横渡大坑,有人躺在水面上不但能翘起身子的两端,还能役使身子中间被深水吓得缩成一疙瘩的小鸡鸡逗弄波浪……但要是坑堰上像这会儿这样没有一个大人,他们中没有谁胆敢深入大坑腹地。我们不仅仅是怕坑心的深水,更怕的是传说中的水鬼。鬼是不确定的、神秘的幻象,因为没有见过,它的模样就更是变化多端,但每一种模样都足以让你的胆子瞬间爆破,置你于万劫不复的死地。我们此时游水的东大坑里的水鬼就更可怕,那是个女鬼,是多少年前发大水谁家的姑娘洗衣服时溺死后变的,她穿着艳气四射的红鞋,披肩长发一绺绺盖到屁股,浑身淋漓着荧光闪闪的水珠,总是半夜(鬼喜欢在子时活动)或正午时分悄然从水里爬出,坐在坑坡里向可能路过的小孩子招手。她也有点怵大人,喜好诱惑不谙世事的轻信的小孩子。似乎我们中的每个人都会成为红鞋女鬼青睐的对象,游水的时候我们总是无端地紧张,有时不知谁吼一声:"红鞋! 看,红鞋来了!"我们掇着话音夸张地尖声大叫,比身子击起的水声更锐利响亮。我们哗哗啦啦逃向岸边,远远地蹿上坑堰回头张望,仍心有余悸。

　　一个伙伴发现了我和牵引着我的死树,他没有迟疑,立即脱离那群在深水里嬉戏的伙伴朝我游来。一群人在水里抢这棵死树通常是戏水的一个重要节目,是一场游戏里的高潮。只要有一个人游向我,不出一分钟,就像结群的鲫鱼,另外的人肯定会一个不剩地都围过来。那个向我游来的伙伴叫得荣,比我大一岁,在雨天开始之前的收麦季节他已经学会了打嗸嗸。他不但会打嗸嗸,还会"扎猛子",能够在水底两只手扶着地走出两间屋子那么远。他为此非常得意,见了我没有二话,总是"咱们去东大坑扎猛子去""咱们去南大坑扎猛子去";因为不会游水,对于他的"盛情邀请"我面有难色,而他在我脸上只要发现蛛丝马迹的"难色",就会立马开始他眉飞色舞的"授课"——讲脚和手怎样在水里这样一动一动身子就漂起来(示范着动作),要是仰脸向上呢,"就像躺在新被子上一样舒坦";而两只手扒着水底走路更是其乐无穷,说不定就在哪个脚窝里抓到一条鲫鱼呢。得荣确实抓到过一条一两多重的小鲫鱼,那条小鲫鱼是冥界的小小使者,挟持着他家刚向人讨要的满月不久的小花猫一命归西(鱼刺卡了小猫的喉咙)。得荣为此挨了一顿痛揍,但他父亲粗糙的大手揍出了他胸腔里储量不多的湿润哭声,却没有揍掉一丝一毫他要在水底溃泥的脚窝里再摸一条鲫鱼的决心。

我匆急的声音像另一种比阳光更耀目的明亮花朵在波浪上盛开——"得荣,别过来,别过来!别……树——"我猛地意识到我的呼喊没有任何意义,因为得荣也是刚刚学会打嗸嗸,他的小小头颅像一条过河的狗一般勉勉强强泅露水面,而双脚节奏不整,奋力挣扎才击荡出低矮的水花。他全副精力都用在打嗸嗸上,耳朵又被波浪和水响埋没,不可能感知我的声音,也不可能去想我还不会游水。我瞪大眼睛,在得荣并不灵巧的身体送来的越来越宽大的波浪里起伏。坑堰大柳树上的蝉发现了险情,直着嗓门吆唤。但蝉声像一团乱麻,只能使事情更乱,帮不了我任何忙。我呆在汹涌的浪峰浪谷里,一时间手足无措。我不再出声,只是瞪大被水或泪渍得涩酸的双眼静等着死亡莅临,期望在死亡莅临的刹那骤生出应对死亡的计策。

我来不及磨转死树的前进方向,半浮半沉的死树呆滞滞反应迟钝,在手底下从没灵便过;我也不能离开死树,尽管离岸边的浅水区只有两丈来远,而只要一松手,我立刻就会被水底的那只无时无处不在的大手掳去。我像是抱着一支猎枪坐在老虎洞里和把守洞口的老虎对峙,我瞪视着越来越近的深陷在波浪和白水花里的得荣的小头颅。只要得荣两只手一碰死树,被整破了胆的死树就会哧溜缩进水底,再露出它那黑暗的身段就不知是猴年马月的事情了。没有更好的结局,失去猎枪的我只能成为老虎舌头上滋润的美味……蝉声嘶哑,阳光黑暗。我该怎么办?

又一道强劲的水波推来,我看见得荣身子一蹿,向我展露出一脸得意。而我两手抠紧的死树只轻轻一挑,像不耐烦的手臂掸掉一只蚂蚁,我如期被拨拉进深不可测的水里。

我呛了一口水,接着就进入了死亡程序。我应该先在水面上扑腾一番,耗尽力气与死亡抗争,而等到力气耗尽,事情也就好办多了,只需轻轻用水波抚平我存在过的痕迹,唤出身体里的生命气泡并以水代之,我也就听话地沉潜水底去陪红鞋女鬼说话了。这过程有点类似猫玩一只刚逮的小鼠,等到玩够了才一口一口啃噬、品味。但呛了第一口水后我一下子洞明了底细,我知道挣扎没有任何意义,要想重新回到空气中,我只能反其道而行之,将计就计地沉入水底,在水底在死亡的手心里溜出死亡的辖区——我要尝试得荣向我讲了无数遍而我所知了了的扎猛子,此时只有扎猛子才能救我,才能让我紧紧握住生命的缰绳。

因为灾难是突然降临的,我没来得及准备,没有饱吸一口气储存在胸膛里以供我在水底使用,呛水又加速了空气消耗,我急需空气。只有离开了空气才知道空气的宝贵,这时要是谁能送我一口空气,我愿意拿整条胳膊去换。但是没有。我闭紧嘴唇硬憋着。我明白比空气更重要的是冷静与放松,只要一着急,我就再难憋住,就只能张口灌水,顺从死亡的安排。

我沉到了水底。我判断好了方向,伸出不太活便的两手抠住了水底的渍泥。像一个蹒跚学步的娃娃,我艰难地交替双手。我前进了,我的身子在朝前挪移!我的动作很慢,比密密麻麻从渍泥中走出的沼气的气泡更慢。那些气泡纷纷拂过我的身子,像是一只无以名状的大手的手指,麻酥酥的,但细腻温柔。气泡浮上水面爆炸,喁喁乱语。我的行为超出了它们的经验,一时间它们全乱了手脚。那只手无计可施,开始拼命挤压我的肺部。

我挺着,硬挺着。我知道多挺一秒我回到我热爱的地面上的概率就能多一分。我又向前挪移了半尺,不,或许一尺。接着我下次的前进再一次成功……但我实在憋不住了,在胸腔里愤怒的肺即将爆炸的前一秒钟,我试着踩住水底站起来。我咕咚咕咚的心跳激荡得满坑波涛汹涌,我的身子剧烈地摇摆着伸直,再伸直。但在伸直的过程中,我喝了一口水,又喝了一口水。要是我完全站起来而我的高度仍然超不过水的高度,那我就彻底失败,我就会理所当然被死亡掳走,就会变成另一个水鬼。我等待着最后的判决。我一边咕咕嘟嘟灌水一边站直,抬起头来——奇迹发生了,当我抬起头来时,我张大的嘴巴喝进去的不再是水,而是空气,是香甜的醉人的能吹拂血脉使四肢舞动使喉咙歌唱使目光明亮的神奇的空气!我站直身子仰起脸,水波只能围涌到我的下巴,而无论它们怎么一跳一跳地努力,终于也没再够到我的鼻孔。——我又能活啦!当意识到我已不死时,我一阵兴奋,一阵激动,又一阵轻松和悲伤。烫烫的泪水盈满眼眶。我哭了。

我跟跟跄跄地爬上坑坡。我软软地瘫坐在那儿,大口大口地享受着宝贵的空气。我喝了太多的水,肚子空前鼓胀,像一只气蛤蟆。阳光依旧,蝉声依旧。这个世界没有人改变,仍按着它的步伐热烈而冷漠地前进,不会理睬一个小人儿的生或死。伙伴们,包括得荣,仍然沉浸在一堆堆白水花里,沉浸在伴随着尖叫的快乐里,没有人在意我,和我经历的这一切。冷与暖只有我一个人知道,我把它深深藏在心底。

我与死亡只差了一厘米。当我从水底站起,只要水深再高出一厘米,我无力再反抗的身体只能听从死亡的摆布。呛水后我会"心悦诚服"沉入水底,没有一丝生还的可能。可我赢得了一厘米的长度,从而赢得了生命权利。

假如当时我的判断失误,在水底前进的方向不是与岸边成九十度垂直而是偏差一度;假如死树驮着我离岸稍远;假如再多下一场雨,或者某场雨稍稍大一些;假如我出事是在前一天,而不是雨后放晴烈日蒸发掉远不止一厘米水分的第二天;假如我的个头出于某种我们谁都弄不清的原因迟长了一厘米,或者我的肺活量略差……这诸多"假如"中只要有一种成立,就能简简单单地出现一厘米的变动,那我现在就无法写出这段文字,详尽记述下曾经存在的一切了。我早已变回了空气、水和尘土,就像空气、水和尘土当初变成我一样。

而这诸多的"假如"发生,世界出现一厘米的变化,又是多么微不足道轻而易举的一件事啊!

但一双看不见的手终于果决地斩断了所有"假如"的嫩芽,他只留下一种,因为只有这一种才能给我生命。那双看不见的手的主人还没有在我这具适合盛放痛苦的生命容器中倾注足够量的痛苦,从而欣喜地观看容器中痛苦与生命发生的剧烈反应,犹如镁在空气中燃烧,瞬间进射一闪即逝的绚烂光彩。他的游戏还没有结束,他不能轻易让我消失。

他要观看他的游戏,而我又无限留恋人间,于是我没有死,顺理成章活了下来。只是此后的命运总是带着最初波浪留下的惯性和痕迹,颠颠簸簸,少有平稳时期,仿佛那童年的波浪已经长驱直入我整个生命,日日夜夜在我生命的角角落落激荡喧响。

凉爽的火焰

就像野兔和家兔不可同日而语一样,野地里的火焰和灶膛里的火焰当然是泾渭分明——它看上去更疯狂强劲,一味地往上蹿(可能是它一仰脸就能瞅见天空的缘故),有时把自己的身子都拉断了,也不管不顾;当然,它不可能拉断自己的身子,因为我们在它柔软的身子的中断处伸进一团干草时,那团草马上会沾满它的影子,如果不及时扔开,那些洋洋得意的火苗头一扭就能舔得我们的小手生痛生痛。野火只是把自己藏在了日光里头,巧妙地躲开了你的眼睛。野火最精通这种藏身术。平素它们则藏在路边的草丛里,枯落的树叶里,满地的庄稼里……无处不在。我怀疑它们就在大地深处,在土壤的缝隙中,甚至土壤本身,说不定就能化作丛丛火焰。我还觉得火焰不一定都是热的,不一定都能烫痛你的皮肤,咬伤你的手指,一定有另外的火焰存在,它们从大地深处滋生出来,比如清晨蔚蓝的雾、莫名其妙的风、虫子铺天盖地的吟唱、人的思想,还有人本身……这一切都是火焰,是火焰的另一种存在形式。所以我坚信火焰有时是凉的,像秋天里的露水一样凉得彻骨。

是的,我太喜欢田野了,我甚至有这样的感觉:我人生的整个最初时期都浸泡在田野里,春夏秋冬日日夜夜都没离开过,我甚至都有点记不清我住过的屋子的模样了,我甚至都怀疑我住没住过屋子,有没有过家。许多时候,我觉得我是一棵庄稼,在微风里摇摆;我能听懂另外的庄稼的话语,我知道风为什么哭泣,我熟悉星光和月光,还有深深怀抱着泉水的大地……

在秋天的田间小径上,打着割草的幌子,我们一群孩子成天晃过来晃过去。青草遍地,胳膊上的草篮子很容易就能满足,供你玩耍的时间就像这遍地青草一样富裕。只要不是有毛病的孩子,我相信他们在这样的时候不会想不到火。我说不出为什么,但我还没见过不喜欢玩火的孩子。火焰,灵巧又神奇的火焰,充满危险总是被大人们告诫要远远躲开的火焰,总那么紧地攫住孩子们小小的乱跳的心。我们的小口袋里差不多都有一小盒火柴,就是在火柴紧缺要凭票供应的年月,我们似乎也没缺过一摇就哗啦啦发出悦耳啸叫声的四四方方的小小的火柴盒。

我们口袋里的火柴盒早已等急,它们在整个夏天里还没有正儿八经尽兴过一次,它们一次次从口袋里探头出来,察看庄稼们的动静:豆荚胀起来了吗? 玉米的缨须是否已经枯萎? ……它们离唤出沉睡在满地庄稼中的火焰的日子还有多久？自从大豆田里开始凋落金黄的叶片，我们就掰着手指头数日子，替满肚子都是抱怨声窝着满肚子火焰的小小火柴盒着急。我知道火柴盒在说什么：它说它都有点等不及了，它是否能等到刺啦一声就能唤出野地里的大火的那一天？

这一天终于来临。这是个阴天，是个星期天。我们几个人聚在北地里（在我们的村庄，所有的田地都有名字，诸如"老木桥""老高坟""南塘""西南洼"之类），这儿离村庄很远，有一里多地，但中间没有大庄稼地隔开，只有平展展刚及我们腰际的大豆田，一眼就能望见村子，甚至能看清谁家的后墙上用白石灰刷出的口号字迹："农业学大寨。"假如我们聚出一拢篝火，会不会被人发现？这个问题我们只嘀咕了几声，根本就没当回事，火焰，野地里的火焰很快抓住了我们狂跳不已的心。在我们犯嘀咕的同时，有两个伙伴已经收拢了一堆新近凋落尚未干透的枯豆叶，另一个伙伴扒开扯扯连连的大豆棵子，薅来了一大掐子长得稍稍饱满些的大豆，接着我口袋里的火柴盒也理所当然跳进了手中，二话没说刺啦就喷出了一小团红头发，不，是火焰，它就像一株娇嫩的红色植物被两手捧掮着移植进了松软的一堆干豆叶之中，于是碧绿的野地里就飘荡起了一道蓝色的烟柱，起初是向上，后来在高处微微斜了身子，朝着村子的方向义无反顾流淌而去，而且越淌越宽，像半天空里铺扇开的一道蓝色河流。

野火噼使青绿的大豆棵子发出吱吱的叫声,并且完全改变了田野的形状:透过火焰上头的热气流,能看见所有的庄稼从大地上飘起,跃跃欲试张牙舞爪,或者说大地本身在飘起,像要与它下面更深的大地分离。刚才还碧绿湿润的大豆棵子上的叶片在火焰的鼓动下呻吟了几声,摇身变作黑色的蝶群,四处旋舞,马上又变作灰烬坠落——只要能这么风光一回,变作灰烬也值! 我们满怀期望,眼睁睁瞅着瘪瘪的绿色豆荚慢慢黑暗,慢慢黑暗……火焰被大地吸走了,我们马上一哄而上去摘吃那些豆荚,令人失望的是,豆荚里没有豆粒,只有一小兜绿皮囊括着的清水。大豆还没有来得及饱满,我们实在是有点急躁了。除了脸颊上的几道黑印外,我们肚皮空空一无所获。

　　这是个晚秋的下午,天气实在是太好了,明净的蓝天加上明净的阳光,使这个下午从而有充足的理由在我记忆里明亮了好几十年,看样子还会一直明亮下去。我盘腿坐在操场里,我的前前后后左左右右坐着一大片和我一样的孩子。他们一个个都和我一样破衣烂衫的——用破衣烂衫这个词非常准确,一点儿也不过分。尽管学校一再强调不能穿拖鞋不能穿背心上学,但在整个热天里(请注意"热天"这个词),我们还是穿着自制的拖鞋(近长方形的薄木板上钉一绺从报废的柴油机传送带上剪下的帆布条),当然还有被汗水蚀出像马蜂窝一样的洞洞的不知穿了多少年的背心在学校里招摇过市,那个整天沉着一张黑脸的校长也说不出什么来,因为他不能给我们发衣裳穿,而我们又没有其他的能更多地遮盖我们瘦骨嶙峋营养不良身体的衣裳可穿,那就只有睁一只眼闭一只眼。

　　校长的眼睛是藏在玻璃片之后的,平时有点看不太清楚。看不太清的原因我想是不敢看,一看见校长,孩子们大多作老鼠遇猫状,缩头缩尾但机机灵灵马上开溜,似乎还没谁敢去盯着他镜片后头那双不大的眼睛仔细地看。但此时,他站在我们前头不远处,在一大片圆圆的头颅(就像是什么会在风里摇动的丰硕果实)之上,他的那双小眼睛从镜片上沿骨骨碌碌跳荡,暴露无遗,我们真有点拿不准它们会不会径直旋转出来,在操场上空像一颗多事的黑色弹子那样飞舞。事实上这时候谁也不可能去注意他这双眼睛,所有人的注意力都被他眼睛下头的那张开开合合的嘴巴噙住了。在早已失去了锋芒的秋天的柔和阳光里,校长站在那儿讲话,但两只手像两只听话的优秀癞蛤蟆蟆温文尔雅地趴在肚皮上,没有配合着嘴巴去做手势(而此刻待在他身后伺机而动的那个大队秘书,嘴巴一不老实两只手马上跟着张牙舞爪)。校长一句话说完的时候,短下巴总是向前努一下。他就这样下巴往前一努一努鸡零狗碎出一大堆声响,但我只听清一句:挖过社会主义墙脚的人站出来,站到台上来! 而后怕我们人小贼大装蒜,他又循循善诱历数了哪些是"社会主义墙脚",怎样才算"挖"。

我的头轰地一响——我挖没挖过这样的墙角？尽管短下巴校长没有具体到（或者说根本没想到）"烧豆子"这样的事情，但我仍得出了肯定的结论。毋庸置疑那是在"挖墙脚"，而且情形还相当恶劣，生产队的大豆连水仁儿还没有水仁儿呢，我却为了先饱口福对其大动干戈……我不知道另外几个同伙在怎么想，他们和我一样，也呆坐在这片操场上，有一个只和我隔了三个人，我一扭头就能看见他。但我没有扭头，我的眼睛直了，身子连动一动都没有。我小小的心脏鼓槌乱擂，我听见它一下又一下咚咚地敲击着头顶。站出来，还是不站出来？站出来我将成为众目睽睽下的一个罪人（当时真的以为事情这么严重），被人不齿，而不站出来更可耻，我天性中没有说谎的习惯。我觉得是踩在了悬崖的边缘，小小的心灵备受抉择的煎熬。

这次学生大会相当正式，不但所有的老师在场，而且大队革委会也派了人参加，那个一脸正经面貌威严的大队秘书就坐在校长身后的桌子后头，虎视眈眈地审视着会场（想来可能是上级布置的一次活动）。平时我们也开会，可以说是天天开会，但那是例行集合，我们排队黑压压站着，连坐也不坐，随便听校长训一通话，很快就放羊解散。可这一次——我们一排一排都整整齐齐席地而坐，连教室里的课桌也被拉出来排队，临时拼凑成主席台，让高高在上的三四个人坐在它们后头；校长呢，仍然沿袭他平日训话时的习惯，不是坐在桌子后头，而是驴桩一样戳在了桌子前面，这样离我们更近,更有威慑的气势。

　　校长讲完了话,转身走到桌子后头他的座位上,坐了下来,小眼睛里发射着铁光,盯盯这个,又盯盯那个。我的心猛地又沉了一次,我想起我还掐过生产队的红薯秧,至少有半箩筐那么多,让家里的猪美餐一顿。那是去年秋天的事情。那些红薯秧太茂盛太鲜嫩了,万头攒动地密密匝匝从地面平堆而起,蓬蓬勃勃让人爱不释手。说实话我掐红薯秧时想的并不是家里的猪,我是把它当花儿采的……但那毕竟不是花儿,而是生产队里的庄稼!真是罪上加罪,不可饶恕。不能再等了,无论别人怎么着,我得站起来!我必须站出来!

　　我屈起双腿,右手掌点地,接着我的脑袋还有脑袋上开凿的眼睛就悬浮在了半空。我站了起来,但猛然莅临的高度让我眩晕——一下子起飞的头脑和目光仿佛不是我的,而是别人的,一个我极熟悉但陌生的人的。那个人低着头,几乎是有点趔趄地走向主席台,他的目光和脑袋高高翱翔在一大片紧盯着他的目光和脑袋之上。像是走过了漫长的万里长征(当时这个词很时髦),他终于抵达主席台,而且转过身子,亮相,面对排满圆圆的头颅和头颅一侧贴挂着小小惊疑面孔的整个会场。他小身子里注满羞耻,孤零零站在主席台前的方寸之地。他恨不得变成一只蚂蚁钻进随便一条地裂缝里逃逸,恨不得是蒸发中的水滴就地消失寂灭。

　　全场鸦雀无声,好似地球一下子停止了转动。但世界仅仅是凝滞了一瞬,接着奇迹开始发生:第二个孩子站了起来,第三、第四、第五个孩子同时站了起来……我没有灰飞烟灭,灰飞烟灭的是我的孤独。我吃惊地窥望(稍后才敢抬头看)着越来越多的孩子在站起来,在朝我走来。我的身旁排满了伙伴——不但是一块儿玩火烧豆子的,还有许多外村的,低年级高年级的;不但有男生,女生也在不停地加入。我处身其间,渐渐产生一种安全、坚定而踏实的感觉。在随后走走过场的自我检讨中,我得知他们中有人也烧过青豆子、掐过红薯秧,有人扒过大田里尚未长成个儿的社会主义红薯,有人骑过勤工俭学的羊,甚至有几个人集体作案——一起去生产队打麦场里转了一圈,缓缓走出麦场时脚上的鞋子身怀十帅:每个人鞋壳里都灌满金黄的麦子……

我们面前的会场不再是会场,在进行着从一种物质变作另一种物质的化学反应,迅速还原为平时总是空无一人的操场的本来面目。我们一排排站立,面对疏朗的空阔,将瘦瘦的屁股和叛逆的背影献给校长和秘书大人们。最初的眩晕像燃烧初始的浓烟一样消散,经过惊惧、羞愧以及勇敢与欣慰的拂荡,我的目光如白热的焰心般纯粹,澄澈又明亮。

我们揣藏着危险的火焰诚实骄傲地站着,而不是被谎言安全地围裹卑琐地坐着。

——这是最值得我自豪的层层叠叠诸多少年往事之一件。

暗藏的身影

那时我还很小,刚满十四周岁,不可能明白什么是爱情;再说"文革"刚刚结束,刚刚从一个禁锢的年代走过来,爱情被认为是一件顶不好的事情,明说了吧,是一件顶下作的事情。第一次知道她,是班里排队上操,点名的时候她还没到,我听人小声说她是县城的。城里人,在我们这些农村孩子看来,有一种很浓的神秘感,似乎他们和我们不是生活在一个地球上,是一些截然不同的种类。我们班是恢复考试制度后全县招收的第一届重点高中班,是真正凭成绩考上来的,差不多全是农村的孩子,城里人寥寥无几,而这寥寥无几的城里人自然就成了众所瞩目的对象。再说我们都是在伙食很糟糕的学校食堂就餐,而那几个另类放了学则悠然自得地回家吃饭,比我们实在是优越了不知多少倍,这也更增加了一份神秘。

她很快就引起了我的注意。说实话她长得并不怎么出色,个头不高，微胖，脸上又有许多雀斑。就是这些雀斑，有一段时间我是那么神往，觉得天底下的女性要是脸上不长雀斑，实在是太可怜了，因为雀斑是那么美丽，似乎每一粒都闪闪发光。她就坐在我的前排，当她仰头听课的时候，那两条粗粗的发辫偶尔会拂到我的桌子上，这时候我就再没有听课的心思，我的目光被那漆黑的发辫缠绕，心里千头万绪。我的目光也越变越不老实，不再受我管辖，一有空闲就往她身上跑；在她的耳朵和发际之间，有一颗黑痣，就像一颗星星那么明亮，直到今天，我还是觉得女人的耳后要是没有一颗痣，所有的美丽都要打折。

但受大环境的制约，无论我怎样少年热狂，都不会做出什么稍稍出格的事情。我不可能给她写情书（吓死我也不敢），也不可能主动接近她，就是这样暗地里想想她，要是被人知道，也会笑掉大牙。我很明白自己几斤几两，很明白和她的天壤之别。再说我又是那么敏感，那么自尊。要是我这些见不得人的想法真被人窃知，人家的大牙不掉，我这条小命也会被羞掉。所以我很谨慎，不但把想法藏得很好，而且很快对目光也实行了管制。一直到毕业，我都没有找她搭过话，前排后排挨边坐了三年，我和她总共说的话不超过五句（就是这五句，也都是被逼得没法不得不说的话）。

她家离学校不远，住在百货楼旁边的一个大院里。当时百货楼是县城最高的建筑，四层，通过三层楼梯间的窗户，就能望见她家的小院。不止一次,我偷偷地站在那扇窗户后,"侦察"那处小院子的动静,但我十次有八次落空,很少有机会看见她,要是有一次能望见她,我就兴奋莫名,觉得一下子和她近了,跟在班里看她的感觉很不一样,似乎这样的看见只有我们俩,是我们两个人私下里共同拥有的一桩秘密。

每天吃过晚饭,我一个人从学校溜出来,等在离百货楼不远的一个路口上。那是个很热闹的路口,算是小小县城的中心地带,混迹在人群中,我不会被人注意。这是我经过精心挑选选中的地方。我的双眼紧盯着大街上的人群,唯恐漏掉她那并不婀娜但在我看来却很漂亮的身影。其实不可能漏掉,就是不往街上看,只要她出现在近处,我的第六感官也能准确无误地测知。她的身影仿佛能发出五彩的光芒,能照彻整个世界。她不慌不忙走在人群里,和周围熙熙攘攘的众人是那么不同,不用分辨,一眼就能认出来。我就那么不远不近地跟着她,是那么痴迷,又是那么幸福。每天的这个时辰,是我最快乐的时候,多少年后想起来,仍使我怦然心动,就像又回到了当年的街角,又看见了那垂着两条发辫的圆圆的头顶,还有那件在晚风中飘动的白色的确良衬衫……这一切是那么美好,好像是一幅天上的图画。看见她的身影,我总是想起小时候听到的牛郎织女的神仙故事,我想传说中的织女大概就是她那个模样吧。

我只是不能自已,从来没有想过以后会和她怎么怎么着。我只是深深沉浸在想象里自我陶醉罢了。三年就这样不知不觉过去了，我的成绩当然是不理想。迷迷糊糊地参加完高考，又迷迷糊糊地毕了业。刚离开学校那阵儿，我觉得还是像每年的放暑假一样，隔上一段时间后又能回到熟悉的校园，又能继续做无边无际的梦。一个多月过去后我才明白，我是毕业了，不可能再坐在她的后边，去偷偷地又是那么一丝不苟地观察她的后脑勺，还有那条从头顶垂落下来的有点发青的诱人分发线……我的心猛一失落，情绪一下子沮丧下来。我甚至不太关注我考没考上，像刚刚过去的三年一样，我整个心都在她身上，在那个离我看似很近实际却是遥不可及的美好身影上。我开始做梦，梦里梦外都是那个不慌不忙穿行在人群里的小小身影。

　　我终于忍不住，在一个晴朗的清晨骑上自行车，叽里咣啷地向县城进发。我家离县城有三十多公里，但我只用了两个小时还不到的时间就到了。我没有去学校，我知道这个时候她不可能在学校，甚至她在不在县城，都是个未知数。我径直去了百货楼，径直登上了三层楼梯，站到了我不知站过了多少次的那扇窗户前。

　　我站在那扇窗户前，眼睛一眨也不眨地盯着那座小院。一个小时过去了，又一个小时过去了……但我没看见我渴望的那个身影。她是不是没在家？是不是去了她乡下的奶奶家（有一次她跟别的女同学说话，谈起她的奶奶在乡下）？……我拿不准。但我的双脚一点也不想挪动，不想就这么一无所获地走开。那天要是看不见她,我真的会大哭一场,后来站在窗前张望,我的眼睛就有点模糊,渐渐有点看不清了——实际已经充满泪水。我不再害怕被人看见,这时我才知道,三年来我站在这扇窗户前胆战心惊防备着的,其实是学校里的人,是那些老师和同学;现在知道学校里没了人,我站在窗户前就无所顾忌,一点儿也不担心了。

中午时分,我终于看见了她。她从正屋里出来,可能是去厨房帮她妈妈做饭。她在院子里的自来水龙头下洗了洗手,又用毛巾擦了把脸。我真羡慕那只铁制的水龙头,还有那片毛巾,它们离她是那么近,该是多么幸福啊!她把毛巾拧干搭在绳子上的时候,仰起的脸正朝向我这边,我看见那张脸仍是那么美丽,那些好看的雀斑一个也不少,仍那么光辉灿烂疏密有致地散布在她挺直的鼻梁以及两侧的鼻洼里……我直着眼睛端详她,唯恐错过一个细节,那一刻我才真正体会到什么叫"久旱逢甘霖"。

回家的路上我仍然激动不已,把自行车折磨得差点散架。我疯狂地蹬着车子,老想唱歌。后来我终于唱了,碰上的人都怪怪地瞅我,以为遇上了疯子。空着肚子来来回回跑了百十里地,中间又一直傻站着,不知哪儿还有那么多的劲儿。我不虚此行,终于看见了她,看见了我日思夜想的人,这不能不使我激动。这大概就是所谓的爱情的力量吧。

正像预想的那样,那一年我没有考好,只考了个本省的农业专科学校。自从那次暑假看见她后，我一直没见过她，听说她的成绩也不理想，只上了个本地区的林业学校。按说报志愿的时候、体检的时候，我都有机会和她见面，但不知为什么，到了这个时候我并不太急于和她见面了，仿佛以前一直是在梦里，而现在梦醒了，让我看见了周围真切的现实。也许那时候我已经开始怀疑，怀疑我想象中的那个奇妙无比的身影和现实中的她有明显的距离，或者说压根儿就不是一码事。

但我无论如何也没有想到从学校毕业后回到县城会和她分配到一个单位，而且会被好事儿的人们撮合在一起。在外地上学的时候，我没有跟她通过信，倒也不是我另有所欢（我一直洁身自好），而是不再有这个愿望，尽管这时候老同学通信已是平常事，不一定非要有什么用意。不想，就是不想。好像以前的一切都是假的，没有存在过。甚至几年后再见到她，也不怎么新鲜惊异了，仅仅是对分到同一个单位感到意外，好像是被人开了一个恶意的玩笑。

她身上牢牢摄住我心魂的东西哪儿去了？我的热情和激动哪儿去了？难道我和她都是和原先不同的两个人？……我闹不明白。但有一点是真的：我想也没想，一口回绝了那个想做我和她的媒人的人。不知什么人说过，人与人之间需要缘分，人与人之间的感情也是一个定值，可能是我和她之间的缘分尽了，与她的感情该烧的也已经过早地燃烧完了。

现在我和她仍在一个单位里,各自也早已生儿育女,过着平常得不能再平常的家居日子。我们仅仅是老同学,需要的时候互相照应一把,但并不是推心置腹的朋友。所有的浪漫都成了明日黄花,曾经有过的一切我都懒得去回忆一下。但有个结论我却一直记着:当你恋爱的时候,其实是在和自己的想象恋爱,与现实中的对方干系并不大。

即使知道这个结论的残酷,知道爱情的虚幻,但我仍然想再爱一次,想再度燃烧一次,因为爱情实在太美好。爱着,是世界上最最美妙的事情。

葡萄树

最初萌发种葡萄的想法，是在二三年级的时候，也就是十岁左右。从一本笔记本的插页中（当时流行在笔记本中插几张印制粗糙的画页，来点缀整齐划一的苍白），我发现了一株葡萄树，是一幅写意的国画，不但有一串串灿灿发亮的葡萄，而且还枝茂叶盛的，叫人忍不住想入非非。想入非非的不光是舌头，我舌头的想象力生就不是太发达，我想的是能在一个有月光的夜晚，待在这样的一株葡萄树下，看着那些密密实实的叶片映着月亮熠熠泛光，听着叶片间的清风低低诉说——当然，方便的时候，不妨摘一颗滴滴溜溜碰鼻子蹭眼睛的夜葡萄，让沁人肺腑的酸酸甜甜悄悄在舌头上化开……

但并没有像想象中的葡萄那么稠密的种葡萄的机会给我，出学校门进学校门，一耽搁十几年也就过去了，等到终于有了一方自己的小院，蓦然一惊，那最初萌动的种葡萄的想法才又得以苗壮成长，和这个想法一同长起来的还有我的儿子——这时候我已经成家立业，我的妻子成为我的妻子也已有好几年了。

小院不大，也就是二十几平方米吧，但对于一两棵葡萄树来说，这已算颇为奢侈了。那年春天我在院角挖了一个坑，坑底均匀地铺上麻油饼粕——据说这是葡萄树最爱吃的食品，然后小心翼翼地将一株从市场上买回来的葡萄树栽了进去。葡萄的生命力极其强健，根本用不着我对它特别关照，只要不是太干渴，它落地生根，马上就蓬蓬勃勃生长开来。开始时那像是半枯了的枝条上的嫩芽艰难地拱出来，看上去又瘦又小，可怜巴巴的，像一粒粒秕黄豆，真想不到几天之后，仅仅是几天之后，它就疯狂地长起来。说出来可能有点儿让人不太相信，葡萄的嫩枝可以在一夜之间蹿出一米多远，你要是在深夜里站在近前，你几乎能感觉到那枝条像一只手臂在你的身子上抚摸，不，是静悄悄地爬行，一两个时辰的工夫，说不定柔软的叶须就能缠绕住你的头发。

那年春天，绿色的葡萄藤每时每刻都牵着我的心。我一大清早从床上爬起来，第一件事就是去问候葡萄树，看比昨晚又多了几片叶，芽尖上有没有果蕾。我一直盼望着有一小圆疙瘩果蕾冒出来，我知道一疙瘩果蕾就是一串沉甸甸的葡萄，而且似乎是——结了葡萄串才算是葡萄树，否则充其量不过是一株名唤葡萄树的藤类而已。那棵葡萄树没有辜负我的厚望，不但初具规模变成了一架葡萄藤，还确确实实结了几串葡萄。这已经很不错，移栽的葡萄当年能结果的极少。只是结的果实不像卖给我树的那个人说的那样比乒乓球小不了多少,又大又甜,而是又小又酸,根本不能进嘴——那不是优良品种"巨峰",而是一种做酒用的葡萄。我有点不服气,想着毕恭毕敬伺候了大半年,盼望了大半年,再酸我也要品尝品尝。我只吃了一颗,大牙就给酸倒了,好几天我都咧着嘴,吃饭的时候上下牙齿不能对头。酸倒了牙我也没有后悔,再酸那也是我亲手种的葡萄树上结出来的,是我劳动的果实。

第二年我物色到了一株好品种葡萄,但植株细挑挑的,实在是太小了,看那个病弱模样,三年两年也别想品尝到它结出的葡萄。能不能偷梁换柱,把它嫁接到那株酸葡萄上? 假如可以,那不是两全其美吗……我没有学过园艺学,对嫁接一窍不通,但我确信有一些规则是世上通用的。我将小树苗栽在了大树跟前,一俟它发芽成活,马上用小刀将两株树的树干刮破一小截,拿绳子紧紧地把对好的伤处缠在一起。我还天天掰掉大树身上层出不穷的嫩芽,逼着大树把憋足的汁液流淌进小树的体内(当然,为了提醒大树不忘记生长,还得给它留下一处枝芽,只是别让它忘乎所以长开罢了)。正像我希望的那样,小树一天比一天茂盛,叶片越来越厚实,绿意越来越浓。我真想解开绳子,看究竟两棵树长没长在一起,但我知道这想法非常危险,一次又一次我都克制住了自己。终于有一天,我看到了大树伤处鼓起的疤痕组织,解开了绳子一摇,两株树真的愈合成了一体。

两株树真的愈合成了一体！但我还想让它赶紧成为想象中的模样，让它快马加鞭地长大。实际上事先我已经想到了这一点，嫁接的时候我让大树弯了一下腰身——这样做的巨大好处此时显现出来，我稍做了点手脚，于是新藤没费吹灰之力就一头爬到了去年搭好的架上，老树的藤干理所当然就成了它的藤干。我做的手脚说起来再简单不过，就是先剪去支棱八叉的去年的枝条，再用小刀一天比一天深地割斫刚栽的那棵小葡萄树的身子，直至离断，让老藤能站直，能把日新月异的幼枝高高举起。

　　只要你捧出一片真心，你总能得到善意的回报。新葡萄树生长得很卖力，一天一个样，清早我看望它的时候，它探出的苗壮枝梢在微风中向我摇摆，有时还会竭力靠近我，像狗舌头一样舐舐我，和我亲昵。在夏天还没有来到的时候，它已经殷勤地在我们的小小院落里布下了浓浓一方荫凉，而且在夏天里葡萄早已上市之后，我们的葡萄树竟又结出了葡萄！这些错季的"二茬葡萄"在秋风中熟透，果不其然，一粒粒真像乒乓球那么大，甜得像蜜。我摘下一串称称，竟有一斤多重。

　　我的这株葡萄树使我在第二年就成了一个葡萄种植专家（我自觉不比任何冠以"专家"头衔的人逊色），我知道果穗是在新枝条的第二和第五片叶根抽生，当长出十片叶子时，就要果决地掐去梢头，以保证果穗营养供给；我知道葡萄最喜欢用蓝矾和石灰配制的"波尔多液"洗澡，假如幼小的果穗蘸一下这种神奇的液体后用旧报纸做成的纸袋包裹起来，那么，小小的果穗知恩图报，最后能膨大一百倍以上；我还知道有一种叫"白蠖"的钻心虫，专门寻找当年生的新枝条打洞，对付它的最佳办法是用尖利的钢针沿着被它拱空的枝条"针灸"……每年的春天来临之际，我夜夜都睡不着觉——这时候，前一年修剪过的葡萄枝条开始疼痛，开始痛哭，静夜里到处都是泪水滴落的声响。尽管知道这是很正常的，是所谓的"生长伤流期"，但葡萄树的哭泣仍然让我的双眼涨潮，我一边揉着眼睛一边拿出一只玻璃杯，短短的几天，一枝伤口竟能流出满满一杯泪水……

这株葡萄树让我年年都能温习儿时的梦想，不止一次，我站在月光里的葡萄架下，让一串串熠熠闪光的葡萄碰痛记忆。而最令我心醉的，仍是在春天的清晨，站在高高的凳子上给葡萄整枝——密密匝匝的碧绿叶片簇拥着你，对着你招手，对着你微笑，对着你悄声细语……千姿百态，像少女一样散发出青春和露水的芳香，连蜜蜂都顾不上晾干露湿的翅膀，嗡嗡低唱着飞来，流连不去。

这处小院仅仅是我的一处人生驿站，几年后我就搬离了。有时真想回头去看看，单单为了那株葡萄树也值得去看看——事实上生活总不那么浪漫，一件司空见惯的琐屑小事就能打碎我的这个美好念头。我毕竟离当初的那处小院太远太远了，现实不允许我为了一株葡萄树就随便动身去千里之外的地方。

我不知道我的小小院落、我的葡萄树是否安在。我的"名人欲"不是太强,我喜欢平平常常活着,喜欢诸如种葡萄之类的没大出息的事情,一点儿都不想让自己成为众多目光之矢的标的。但为了我的那株葡萄树,我真祈愿不小心能出出大名,那样我的葡萄树就可以放心地茂盛生长了,我的名气越大它的生命可能就越长久,因为大凡名人都要"故居"一番,我亲眼见过那些故居里的草木历经风雨却安然无恙,一副"一人得道鸡犬升天"的自得模样,让我替我心爱的葡萄树好生羡慕。

秘密村庄

在我十岁那年的秋天,发生过这样一件事。我在红薯地里刨红薯,那天运气好,收获颇丰,箩头竟然沉甸甸的,竟然刨到了一块硕大的路根红薯,我兴奋不已,对接下来的运气充满幻想,以为还有更大个头的红薯在田地深处等着我。为了行动方便,我在田头的护路沟底刨了一个坑,将箩头里的红薯先埋在那儿,等刨了更多的红薯汇集后扛回家。就在我刨坑时,那一小股旋风突然从锹刃上升起,让我猝不及防吓了一大跳。我刚刚把铁锹踩进土里,紧贴着锹体就冒出一股旋风,哧溜溜转动,有一株辣椒棵子那么大,掠起土尘草屑,围着我旋个不停。我弄不清它要干啥,尽管知道野地里的旋风大有来头,但因为红薯地里人多,不远处就有小伙伴们在吵吵嚷嚷摔跤玩耍,所以我并不害怕。那股旋风旋个不停,像一只野狗,像在诉说满肚子的埋怨,转了两圈后看我不太理它,就一炮蹶子跑远了。旋风的出现没有让我的铁锹停下来,我掘起那锹土,接着又挖了第二锹。我的铁锹再次吃进土里时,又一股旋风拔地而起,而且比刚才那股旋风体魄大了许多,飕飕转着,像是一株小桑树。我身上开始起鸡皮疙瘩,我的汗毛有一部分也悄悄站立起来。锹下生出的两股旋风让我有些紧张。但小桑树没有围着我转圈,而是径直走开,也没有膨大身体的打算,在我盯着它时它已经悻悻地消失,仿佛在嗔怪:"有你这样的吗?真难缠!"我愣了一刻,但还是懵里懵懂果敢地掘了第三锹。这一锹没有掘出旋风,但锹底极沉,像是有人拽着锹头,随着我握紧锹把儿加大杠杆力,只听见咕咚一响——竟然掘出来一块断裂了的长骨头,一看就是人的股骨。我害怕极了,但好奇心促使我麻着胆子又蹬下一锹,这一次掘上来的是一块沤糟了的棺材板,断茬洋溢出浓烈的松柏芳香……

　　要是仅仅锹底下冒出来两堆旋风、一根枯骨,倒也没什么可稀罕的,在田野里这类事多了,几乎司空见惯。真正不寻常的事情发生在红薯地里,在刨红薯人们的铁锹底下。我们对收获红薯的不同层次有不同的叫法,真正的收获红薯叫"出红薯",而在收获过后的田地里再次挖刨红薯的散兵游勇才叫"刨红薯"。生产队大集体的劳动总是粗枝大叶,没谁认真干活,所以红薯田里落下没出净的红薯再正常不过。本来红薯在土地深处自由游行,并不太按秩序安家立业,有些长蒂红薯远远地离开母蔸,是独行侠,不管不顾一头扎向地层深处,出红薯时又怎能不被落下?恰恰就是这些独行侠,给刨红薯的人带来无限的探索快乐。我们称这些远远离家出走的红薯叫"路根红薯"。我们对路根红薯充满向往并不在红薯本身,而是在挖刨过程中可能出现的意想不到的事。土地深处的秘密实在太多,说不定在你深挖寻找那块路根红薯时,土地会猛然举出来一罐金银珍宝什么的——我说这话绝非空穴来风,仅仅是昨天,就有人一锹下去,咯噔钝响,竟然刨出一罐铜钱。人群呼啦围过去,欢天喜地去抢地底下流出来的宝物。田地是公家的,所以田里的一切都是公家的,不是谁发现就属于谁。我也从人缝里钻进去,趴在地上抢到了两枚锈成一体的铜钱,上头刻着"康熙"两个字,另两个字已被绿锈平掉(在接踵而来的冬天里,我用这两枚铜钱纳制成鸡毛毽子,和小伙伴们消磨寒冷而漫长的时光)。在另一块地里,有人挖出一只陶制凤凰,红红蓝蓝,色彩绚烂,好像不是从地底下蹦上来的,而是刚从烧成它的火窑里飞出来的。当然,刨红薯的人们挖到田鼠的仓库,挖出一堆黄澄澄的小动物储备越冬的豆粒更是屡见不鲜。就是单说刨红薯,也是丰富多彩。有人擅长东一锹西一锸地乱掘,不知道哪一锹咔嚓一响就与一块等待他的红薯不期而遇;而另一些人则老老实实把守一溜地方,平排挖地,总有红薯逃不脱这不漏鱼的大网,乖乖地跳到地面上来。但其实刨红薯也只是一个说法,大伙儿刨的时间短,歇的时间长,大部分时间是在拉呱打闹,红薯地就是一处聚会的大广场。土壤湿润而松散,像是一地红砂糖。那是世世代代熟耕的田地,连一小块砖碴砂姜都不可能藏身,玻璃本来就罕见,当然不会被丢在这野地里,所以尽可以在里头摸爬滚打、端坐、翻筋斗、躺卧,像是置身在一床硕大的广阔新棉被上。大人们在讲古,笑声与谑语并起;孩子们奔跑、摔跤、嗷嗷乱叫,一地的欢乐之花盛放。只有这个时候,你才能理解啥叫"断竹续竹,飞土逐宍(肉)",你才能明白这诗歌里深刻自然的含义。在这样的场景这样的土地上,发生任何事情都不过分,都是正常的。要是有一天有人一锹刨到了一个航空母舰或天外来客的飞船残骸之类,我也不觉得稀奇,听说某地某人在田里一铁锨下去,不就掘出了一块世界上最大的红玛瑙!

土地深藏的秘密不是村子秘密的核心,真正的秘密是在话语里,在人们的传说里。这种秘密深厚而繁密,就像土地本身一样。与这种传说的秘密相比,现实生活中的一切都显得单调而重复,甚至可以让人忽略,或者说现实仅仅是传说的一个微小的影射片段而已。村子里的每个家族、每处地方都重叠累积着精彩的传说:这个水塘角曾经漂浮过一双红鞋,诱使谁的闺女溺水而亡;那株楝树曾被夏天的响雷劈过,而且连带劈走了一个小伙子,这小伙子相貌俊美,是被玉皇大帝选去当侍候童子的;这处路口有几年有铁塔一般的路神出没,因为不远处总是有成群的鬼火聚集,那是路神在提防群鬼害人;南地的那块田里有个水牛精,它总在深秋里站在田当中哞叫,谁谁冲撞了它,被吓得患了一场黄疸病;

谁的爷爷亡灵出殃,碰着了一棵桑树,所以那被殃打了的绿树就立马死了半边,叶子像被开水烫过一样;谁的魂灵又附上谁的身儿说话,因为他生前做过亏心事儿,到了阴间也不得安生,要托魂还债……这些传说在村子里萦绕堆积,构筑了另一道风景,另一个世界。村子之所以生生不息,之所以历尽灾难但最后总是存在下来,甚至像当年黄河决口被洪水夷为平地,像 1942 年的旱灾将一村人赶下南乡逃荒,以及 20 世纪初的战乱匪患……一切灾难过后,村子会神奇地复原,仍像当初一样。除了肉眼能见的这片实在的土地外,是在这片土地之上的另一个更丰满完整的世界顽强地存在着,这才是村子一次次死而复生的根源,是村子的精魂,也是真正的家园。

我的长篇小说《夜长梦多》,力图写出村子的本质,写出这些深藏的核心秘密,写出那个看不见的家园。尽管我曾经生活其中,但要写出这一切也并非易事。因为传说都具有其神秘性,每种传说又都是分离的,很难将其集合成一体。小说最初的名字叫《传说荡漾》,强调的就是对村子来说传说的重要性和传说所独蕴的决定历史走向的力量。

村子是中国最基本也是最完整的社会构成单位,一个村子就是一个独立世界。有一句话说,县城是个大村庄,北京是个大县城,形象概括了中国的社会形态。可以这样说:村子的价值观就是传统中国的价值观,写透村子,也就写透了中国。我尝试将我对人对事的认识,都集中到一个村子来表现,从而构建一个属于我的语言世界。

我想让这个世界丰满真实,成为我的心灵家园。

复仇者

　　那个人站在柜台外头,要往什么地方寄一封信。他问了营业员几句,接着就开始交费,往信封上贴邮票。我站在他的对面,不过与他隔了一堵柜台。我不是营业员,但拥有站在柜台内的特权,因为柜台内的营业员是我妻子的亲戚,理所应当也是我的亲戚,于是好几年里,我都能在早饭之后免费去邮电所的柜台里对那个小镇订阅的所有报纸杂志先睹为快。在那天之前我已听说乡政府新来了一个大学生,但一直没见过面。看见那个人的第一眼,我就断定他是那个新来的大学生,因为他鼻梁上架了一副眼镜。那是一个偏僻的小镇,在我所认识的人中,除了真正的眼病,出于近视戴眼镜的人还寥寥无几。他很瘦,面孔上宽下窄,像一片三角铁。他穿一件蓝涤卡上衣,显得朴素至极。他的个头很高,当他收拾停当出门的时候,我看他走路像一支飞驰之后刚刚落地的镖杆,一晃一晃的。自始至终我都没和他搭话。我还不认识他,不可能随便就和他搭话。我还注意到,他的面孔黧黑——是一种墓室里的黑暗,令人悚然一惊。我有一种不祥的预感,或者说死亡的预感。

直觉是没有经过理性歪曲的真理的瞬间闪光,直指事物的核心。当与他接触第二次,乃至无数次后,那种墓室里的黑暗悄然消褪,在我视野里的他面色再正常不过,就像我认识的无数张人脸一样。他叫 S,毕业于省内一所农业专科学校,是乡政府干部;我呢,是医专毕业,不过比他早了几年而已,是个收拾骨头的木匠(骨科其实就是木匠活儿)。同是正规学校毕业,同在一个小镇,惺惺惜惺惺,顺理成章,我们成了能拉几句话的朋友(当时能读大学的人实在是太少了)。

S 是在秋天来到这个小镇的,到了第二年春天,也就是他来后半年,我们走在了小镇外头的麦田里。当春天来临,即使对于一个整天板着面孔的乡镇干部或者一个冷酷的医生,葱绿的田野也是有着无限吸引力的。我们想让温煦的春风拂弄一下面颊,想尽情听一番百灵鸟的歌声,想看碧翠的麦浪在脚下翻滚……总之,我们想离开一会儿寥落的镇街和只有悲惨声响的医院,到静谧又生机勃勃的大自然里去。那块麦田旁边是一条不宽的小河,冬末春初是枯水时节,河水极浅,水面也不宽,攒攒劲儿我一蹿,跳不到对岸也不至于两只脚全落进水里。河坡里稀稀拉拉生长有紫花地丁,正在开花,在初春,在其他花草尚无任何动静的时候,那一簇一簇紫花地丁非常明亮,像一盏盏小灯笼。也许就是因为这照亮河岸的簇簇淡紫小花,我们才一前一后走在沿河的小径上。

这是个初午,阳光灿烂得让人睁不开眼睛,或者说我的眼睛被丰富的色彩照得发花,有点看不清景物。天很蓝,云彩极白,白得疏松,像是被蓝天染蓝了一般,透出蔚蓝的脉理。我的目光被这些遥远的东西吸引,根本没有注意正在交替移动的脚下。我素来喜欢遥远胜于目前。

就在这时候,我的耳膜被 S 的惊呼霍然撕裂。"蛇!"他大叫一声,待我扭过头来,他已跳向旁边的麦田,茂密的麦丛掩埋到他的膝盖。我悚然一惊,因为我走在他的前头,一时间弄不清他呼唤的那条蛇到底隐身何处。我愣了一刻,接着就无目的地向他跑去。我三蹿两蹿就到了他的面前,但我仍弄不清蛇在何方。他指给我看——天啊,那条大蛇就横在我刚才蹿过的小径上,我迈过了它颀长的身体,脚尖却没有挨到它斑驳的艳乍鳞片。

那是条老蛇,身子有胳膊粗细,头在河坡里,尾巴还搁在小径外头的麦田里。那条蛇有着耀目的红色斑纹,它肯定很老,上了年岁,因为那些被放大了的斑纹不再惊心动魄地艳丽,显出岁月沉淀的黯淡。但能看出那是条有力量的蛇,类似一方蛇王,不然它不会在这个没过惊蛰的时节贸然爬出洞穴。过了惊蛰,冬眠的动物才次第醒来。而这条老蛇,肯定是想念春天想疯了,于是在这个不适合它活动的危险时节率性活跃了起来。也许它是想念河水,因为它是向河心爬去的。

像许多人一样,我有些怕蛇,我的属相是龙,我自小就无数次被家人告知不要惹蛇,尤其不要打蛇。就是家里人不反复告知,我也不会去打蛇,因为害怕,还因为怜悯。我的心太软,不忍心让活物死在自己手中。于是我和S商量撤离,不再沿原定路线前进。那条蛇让S很兴奋,他已经在弯腰寻觅坷垃。我想不到他会砸那条蛇,当S甩动手里的坷垃时,我希望老蛇赶紧溜掉。蛇通常是很机灵的,在草地里,它像一道彩色闪电,能在一瞬之间消失得无影无踪。但这条老蛇很不幸,可能因为环境温度太低,它的血还没来得及热起来畅流起来,所以行动极其迟缓;待到S朝它扔去坷垃,它仍没能将僵直的身体从小径上挪走。S手里的坷垃第一次没有击中它,但磕地分裂的碎块打痛了它的身体,它朝S猛一昂头,它的嘴叉开得很大,颤动的红芯子粗壮而灵敏,似在无奈地祈求,又像在申诉。

我没能说服S,在我说着的时候,第三块坷垃已经向老蛇飞去。这一次很准,不偏不倚,坷垃像长了眼睛,直击老蛇僵直的身子。它猛一抽搐,而且膨胀起来的头昂得更高,几乎是在怒斥。老蛇朝着S昂了三下头,接着它成功地拖动了身体。当它游走时,我看见它顾长的身子已现出锐角,而且锐角之后的身体没能弯曲。老蛇走得很艰难。老蛇为它的率性而为付出了惨重代价。

是我止住了S的再次打击。我说服不了他，但我能转移他的注意力。我说走吧走吧，你听，好像有人在唤我呢，是不是医院里有了紧急病人？我们走出医院不是太远，隔着飘忽不定的风声似乎看到了大路上一两个招手的人影。S侧耳倾听一刻，悻悻地住了手，但仍余兴未尽，为刚刚进行的不彻底屠戮而扼腕兴叹。我远远地看着一寸一寸慢慢挪走的老蛇，一种犯罪感充斥心中。我为没能阻止滥杀无辜而心怀愧疚。

S是那年秋天调走的。他的一个亲戚关系硬实，听说他毕业分配来这个小镇，也仅是当作一个缓冲跳板，顺便也给自己镀镀金，因为在乡镇基层工作过，提拔什么的都要优先考虑。S去的地方是县城，比这个小镇条件不知好到哪里去。S走了好几年，我差不多都有点忘记他了，但我忘不了那条身受重伤的老蛇。只要提到S，我总是无端地想到老蛇，想到它在寒冷的初春高高昂起的膨胀的头颅。不知为什么，我替S隐隐有点担忧，因为据说蛇是有灵性的，尤其精通冤冤相报之道。

几年之后，S患了肺病。最初是有点胸闷，一照X光，发现胸腔里有水。S没太当回事，想着无非是胸膜炎，不是什么太难治的病症，再说离县医院很近，即使患了胸膜炎也近水楼台先得月，有着疗治的便宜。S没想到他的"胸水"甚为顽固，经过好几个月的治疗，"胸水"没有丝毫枯竭的征兆。这时候S才有点担心，而且开始光顾省城以及上海的一些大医院。

S确实患的是肺癌。但临到挥别生命,他都不承认自己是肺癌患者。他不可能不知道只有癌症才采取化学疗法,只有化疗才能使正常的浓密头发光秃;他也应该明白血性"胸水"意味着什么。但S一直拒绝承认自己得了肺癌,当我去看望他时,他还故作轻松地说他怎样在上海的一家医院住院,而和他同一病室的几个病人清一色是肺癌,唯他一人是"结核瘤"。"结核瘤"虽然难缠但并不可怕,不能与让人谈虎色变的肺癌相提并论。我明白"结核瘤"的诊断是医生联合他的家人巧设的骗局,但我不明白的是作为医生的他怎么没有识破这个并不怎么巧妙的骗局。这时候他的头皮已经"寸草不生",而且身体也极度消瘦,是癌症病人所独有的"恶病质"状态。

两个月后,S不再坚持自己"结核瘤"的诊断结果,他已经安静地睡在棺材里,远离了人间的是是非非,也包括善意和非善意的所有机巧骗局。

S在春天去世,再差几天就是二十四节气中的惊蛰。这时候,我猛地想起那次春天里惊蛰时节岸边的散步,想起那条被S欺凌的老蛇。我倒吸了一口凉气。

吴小刚与李约热

他穿着一件月白色夹克衫,贴身穿的则是一件带横道图案的毛衣。北京屋子里暖气足,上班的时候他的黑毛衣就横空出世,几道粗杠甚是醒目。他不算高个头儿,但一点儿也不矮,他的略高的额头和眉骨让他的个子愈显得高大一些。他的眼睛犀利而温顺,像某种动物,会闪射出锥子般的刃光——但那不是等待宰割的羊的眼睛,而是伺机出击的猎豹的眼睛。当和你说话的时候他常常嘴角漾起笑意,他并不爱笑,相反常常处于警惕状态,因而那偶然漾出的笑意分外珍贵。当时我们在一个出版社上班,之前我们在那所著名的作家学校学习。感谢那个一切向钱看齐的时代,不但我和他能够进入那所学校学习,而且全中国只要在县级小报填塞过比豆腐块略小的自己文字的人,只要愿意掏学费皆可进入这所名校听课。于是我们就坐在了同一个屋顶下听同样的课,吃的饭当然也是同一个锅里的。

那时他还叫吴小刚,像是儿时小伙伴的名字,听起来很顺耳叫起来更顺嘴。我只叫他名字的后两个字,只有跟别人提起他时才叫全他名字的三个字。因为曾经寒窗共读而且又在一个地方打工,我和他的关系就很特殊。我比他年长,应该比他成熟,但恰恰相反,在许多方面他更成熟老练,但在另外一些方面他又像个儿童,仿佛对社会上的许多事情有隔阂,常常睁大惊异的白多黑少的眼睛。其实我们都太单纯,对这个世界尤其是这个大都市的世界陌生,认知不深,走在北京冷漠无情的、势利的、五光十色而又自由的街道上,我们有点格格不入,有点孤单。而最重要的是,我们很穷。

因为太穷,只能住最便宜的城乡接合部的蜗居,这样一来离上班的内城就很远。为了省下乘坐公交车的票钱,当然也为了方便,我们开始寻觅自行车。自行车明光闪烁地花样繁多地神气十足地故作傲慢地斜站在各种大小铺子里,但那些车子永远不可能与我们为伍。我们要趁一个周末爬上风尘仆仆的郊区公交车,去一个叫定福庄的地方购买最便宜的自行车。在这些事情上小刚总是主谋,他好像对这样的地方了如指掌,尽管他和我一样从没到过那个卖便宜自行车的地方。他说,跟我走。我就跟他上车下车,拐弯抹角,一路走到远离城市的半隐半现的某处街角,那里果然斜斜躺着一排自行车,东倒西歪,供我们挑选。我挑中的一辆不算太破的车子要价十八元,小刚挑中的比我的贵两元。我们据起来蹾在地上弹一下，看是否会零散。果然没有散架，稀里哗啦叫了几声后完好地又偎在我们身边。我们付了钱，一骗腿骑上，还算稳当。我对这辆破自行车不抱有任何期望，因为太便宜，一心等它撒气掉链子，但最终也没看成这车子的笑话。据说那都是些来历不明的自行车，是交与那收钱的人销赃的——当然，这是一种说法，至于究竟是怎么一回事儿只有天知道。那时正是社会最混乱的时期，在这种城市边缘啥事都不稀罕。我只知道这辆危难中和我走在一起的自行车陪伴了我十几年，直到有一天我放在小区里又被某个不知姓名的人推走为止。

我们得心应手了一辆急需的车子，心情畅快，也没顾上天色向晚夜幕四垂。寒风在街上乱窜，饿着肚子的我们手冻得麻木，耳朵像被趴在脖子里的猫一路咬着。街道旁边的各类饭馆里飘出饭香，也炫耀着温暖的辉煌灯光，但我们不可能走进那任一家小饭馆一步。我们没有迈进饭馆的习惯，似乎那都是别人的事儿，与我们无关。

按美国心理学家马斯洛的说法，人只有解决了最基本的生存问题后才能自我实现。我们穷得叮当响，只有很少的钱，两手空空，活在别人的屋檐下，打着遭人冷眼或者侧目而视的工，更别提安全(当时北京大街上随时要搜查，碰上不顺眼的外地人要撂到大卡车上拉到昌平的沙河镇挖河沙)什么的了，连吃饭问题才刚刚解决啊。所以我们一心一意为了文学为了写作流亡在这座城市,但我们从来没有谈过文学和写作。文学是金字塔的顶层,是自我实现。我们不好意思高谈阔论文学什么的。文学离我们很近,每时每刻陪伴着我们,让我们心里生满憧憬常常浑身发热。但文学离我们很远,以至于两个最热爱文学的人却不能敞开谈谈文学。

两个从不谈文学的伙伴最终却被文学改变着,与文学须臾不得分离。吴小刚变成了李约热,李约热的小说总让人惊异。李约热这个名字也让我惊异,总是与吴小刚对不上,这个有点新疆味有点东欧味有点英国味的名字让我束手无策。但读着这个名字创作的小说,我一下子能知道这就是吴小刚,是小刚写的。他的野马镇,那些吸引人的小镇青年,热血与爱情,友谊与侠义……这一切都是小刚的性情。尤其是读到新书《人间消息》时,我略有吃惊。如果不在写作上下一番苦功夫,不时时刻刻琢磨写作,想写成这样的小说绝无可能。就是说,我们当年在一起时,小刚和我一样天天在想着写作,只是我们不说而已。我们是写作的地下工作者。

小刚还没有蝶变成李约热的时候,离开出版社去了中国最大的那家电视台,至于做什么我也弄不太清,反正薪水应该是当"编外编辑"的不知多少倍。也许他在那个台子上如鱼得水,我们见面时我从他脸上的春风中读到顺风顺水的暖和的人间消息。但好景不长,后来小刚迫于生活的变故还是回到了他的广西,十几年后我们才再次见面,此时他已在广西最著名的文学刊物当编辑(现在已是副主编),而且成了著名作家,出了好几本书,著述等身了。

小刚令人吃惊的事情不仅是他的小说和名字,还有他竟然是——壮族!我是今年才得知的,我有点想不通,小刚怎么和我不一个民族。我想一定是当年命名的人类学家出了差错,为什么他是壮族而我是汉族,我们究竟有什么不同!

就像高谈阔论文学的人不一定真正热爱文学,而不声不响从不提文学的人反而视文学为生命。这世上有太多的事儿让人匪夷所思。

年轮里的火焰

　　那是一粒普普通通的种子,比小指的指甲要小一些,形状像一只耳朵,但耳廓部分已经磨成菲薄的褐色,已经破损、锈蚀,只是那两层褐色的种皮紧紧包裹着种子,恪尽职守。这粒种子命运坎坷,从它的出生地一路行来,先是夹在一件行李的边缝里,然后又掉进行李内,不知道怎么一回事,它竟然钻进了主人的衣袋里。对于这粒种子而言,进入行李中某件衣服的口袋是一件划时代的大事,因为假如没有这当初的偶然举动,它的命运将是另一种模样,不可能到群山之中,栖落在一条急流之侧,愤然长成一株参天大树。但离奇的事情总在发生,这粒种子一不小心溜进口袋里,又被那个年轻人带到深山中。

　　那是一个离开故乡来到城市打工的青年,当时像他这种人随便在城里一抓一大把,他们从一个街区漂到另一个街区,从一个工厂转到另一个工厂,拿着可怜的仅够活命的薪水,到了年尾,能

73

带够购买年货的钞票回到村庄已属不错。但打工仔们生活得倒是挺快乐,不缺吃不缺穿,优哉游哉,老家对他们的希望本来就不奢侈,他们吃花用度之后能够带回买年货的钞票已让家里人满足,因为许多人还在外头出了岔子呢,谁谁谁谁参与贩毒被判无期徒刑,谁谁谁谁在哪儿挖煤塌顶,连个囫囵尸首都没带回,就像是一缕空气,散了也就散了。

比起这些不幸的人,能好好地看见人活蹦乱跳地回来,而且还带着足够购买年货的钞票,欢欢喜喜过个大年还有什么不满足的呢。所以这个年轻人长年就可以游荡,拿个事儿不当事儿做,从这个厂转到那个厂,倒是桃花运很盛,身边没有断过眉目清秀的姑娘,大都是从老家来的,或者是一个厂子的。有一天这个年轻人带着一个姑娘来到环绕城市的这座大山里游玩,是周末,但因为这山离城不近,有些偏僻,所以并不热闹,甚至还有些冷清。这年轻人就是看中这山的清净特意来的,他们在山谷里左拐右拐,爬上爬下,兴奋得满脸通红,而且在某一处根本不可能有人的僻静角落还亲密无间,做了所有该做的事情。他们很是逍遥,很是尽兴,一顿胡乱热闹之后两个人依偎着余韵袅袅时,那个眉眼清秀的姑娘一只手绕过他的后背,顺便插进他身体另一侧的口袋,想更紧地和他燕泥融合。这时候,这粒种子悄悄藏在衣袋的褶裥里兴奋地触了一下她的手指,她立即对口袋进行了清理打扫,将空空的口袋翻过来,那粒种子趁机飘落,随着一阵风跳进了他们面前的溪涧里。

因为是春天,溪涧里清流澎湃,已经有点激流的端倪,但还不是真正的激流,要是到了多雨的夏天,这些水绝对不会像这样沉得住气,它们总要展示一下。凡事皆如此,合适的时候任何事物都喜欢炫耀一下自己的能耐。但这时候水流无法湍急,因为仅仅是细雨连绵,水量太少,浅尝辄止,不够发脾气的资本。要是溪流发了脾气,这种子将是另一种命运——它会被激流卷走,会折戟沉沙,在水底变质腐烂,溺毙绿色之梦。是春天温和的水流救了它,回旋的水波轻轻地托举着它,把它安然推近靠岸的浅滩,推了一下又推了一下,促使它的裙裙抓牢泥土。它抓住了松软的泥土,而且借助推举的细波一跃,贴在略微有些发黏的一块泥土上。它悄悄地欢喜,知道自己有做美梦的资格了。只要抓住泥土,只要不被溺毙,喘息一刻,它就能改写自己的命运。它很清楚,于是它不敢懒惰,马上开始膨胀身体。其实此刻它已经有些疲倦,想歇一歇。它正处于生命启动的初始点,此刻总是活力充沛但又最容易疲乏,它难以逃脱规律。但它克制着,强打起精神与身体的倦怠作战。它吸啜着水分,也吸啜着温度,咬紧牙关,憋胀身体。当天夜晚,天气并不暖和,但这粒种子还是从贴紧肌肤的土层深处蕴蓄够温暖,召唤隐藏的根芽崭露。它成功了,第二天的阳光照临它时,它饱胀的种粒已经撑破皮壳,一点点白色的根芽探出来,似有似无。它用纤细的、脆弱的根芽宣告成长的大戏开幕。

此刻,哪怕是一点点小小的外界力量干预,一点点风吹草动,就能够让它脱离岸边的泥土,就能让它成长的美梦破碎。要是今夜落了一场小雨,水流略大;要是清晨的微风乍起,有一小股风不慎溜进涧谷,吹动了忍受着痛苦裂变中的它……这些微不足道的因素都能干扰它的生命进程,都能影响它的未来,甚至可以是决定性因素,说不定它就要胎死腹中,不再有未来。但是第二天阳光很早就撒布天空,风都藏进了更深的山谷,压根儿没有前来冲撞进犯的意思。天时与地利,都促使它快马加鞭赶紧萌发。它在清流里丝丝毫毫,探出并膨胀根芽。它悄悄地伸展芽尖试图探进泥土中,那样它就可以借助这一点点泥土安家立业,屹立起身躯了。它有条不紊地实施着它的计划。根尖锲而不舍,蹑手蹑脚钩住了泥土,并神不知鬼不觉潜行。现在,这棵芽蕾已经暗暗欢喜,它不再害怕什么了,它为自己的努力、自己取得的成功而骄傲。尽管前途凶险密布,但来之不易的小小成功不能不让它倍感自豪。

一条小鱼游来了,张嘴啄了几下芽蕾,还好,小鱼是友善的,根本没打算一口吞掉它——其实这鱼想要吞掉它也不那么容易,因为拧起了细纹的水流都不能拽开它了,它已经和泥土成为结伴兄弟,已经不能轻易扯开它。它加快步伐成长,它知道只要它超前一点,它活下去的希望就多一点。它忍受着碎裂与增生的痛苦,忍受着对陌生环境的恐惧,忍受着对未来一无所知的渺茫与迷惘……它忍受着这一切成长成长。中午的阳光更加温暖,夜晚的风也不那么冷砭肌肤了。它只用了三天时间,已经牢牢伸进土层深处,现在即使流水像夏天一样激荡,也不一定能对它构成威胁。它可以一边在波浪里挣扎身体,一边更勤奋地生长根须。现在它已经拥有不止一根、不止十根根须,它要让它的根须遍地开花,占领这岸边的一坨泥土。它要让波浪对它没有办法,让风对它没有办法,让有意与无意的一切敌意都对它的成长束手无策。它长大长大,只有这一个想法,只为了这一个想法而不舍昼夜地行动。

这个城市是一个北方城市,几乎算是没有春天,常常是直接从冬天跃进夏天。天气在进行着剧烈的转换,风和日丽并没有多久,也许仅仅几天,马上转暖,暖得不行,像是太阳一下子跳了下来,中午能炙烤得人浑身是汗。是啊,这正是这树苗生长的大好时光。它高兴极了,在晨风中欢笑,在晚风中欢笑。过了夏至节气之后,它已经蹿到二尺多高,全身披挂有六枝羽状复叶,中轴的身坯已经有小手指粗细。为了躲避陡峭的溪岸,收获更多的风和阳光,它的身子略略探出,靠近根部的躯干形成微微的弯弧。

它沉浸在阳光雨露中,全神贯注生长,无暇他顾。它甚至忘记了季节,或者说它根本不知道夏天之后是秋天,秋天之后是寒冬。它没有丝毫经验,不知道在北风乍起寒霜骤至之前做好准备,停滞成长的速度,萎黄叶片,收缩梢芽……这些它全不知道,以至于那年冬天它的绿叶全被一场酷霜打蔫,像被劈顶浇了开水烫过一样,第二天寒风一抽太阳一晒,叶片干枯曲挛在枝梗上,数日之后满树开始荡响呼呼啦啦的死亡哀歌——那种发自它身体上的声响让它害怕,真是难听死了:干燥、嘶哑、类似窃窃私语又类似兵刃撞击。它为这声响来自自己身上而羞耻,在深沉的满天星光的夜里,它被这摇碎寂静的声响抖得心惊肉跳。这种不安与惊恐持续了好几个月,它觉得没完没了永无尽头,就在它实在忍受不了的时刻,一场疾厉的寒风帮了它大忙,它们一把把将那些衰叶扯去,远远丢弃,让它摆脱了厌恶与无奈。但寒风不但扯掉枯叶,更是榨干了它没能藏好的身上的水分,致使春天来临时,它才发现它的上半截身子已经不属于它,变成了一截干柴棍。它被肃杀的严冬惊呆,竟然忘记了疼痛,忘记了自己的上半截身体已经失去生命。

但春天还是来了,这是它生命历史上第二个春天。不再有一阵比一阵寒冷的北风,不再有霜雪,不再是满目苍凉。太阳悄悄走近,变柔变轻了的南风开始抚摸安慰它,溪涧里开始响起流水的欢笑……这一切都召唤它吐出身体里的嫩芽。它当然忍不住,探头探脑,崭露它隐藏了一冬的心事。它萌发了,尽管干枯了上半截身体,它仍然在半腰萌出苗壮的芽头,而且不比头一年在梢顶萌发的瘦弱丝毫。

属于它的一切次第来临,不但是春风春雨,不但是阳光,还有鸟鸣,还有遍野的和它的叶片一样的浓绿浅绿……这一切让它迷狂,让它沉醉。它高高兴兴,天天和周围的草木打招呼,和它们比赛着成长。它的芽蕾憋得粗壮,舒展体量后也格外茂盛,没等到太阳变得毒辣,那芽蕾已经比它去年的整个身体都大,发出八九枝羽状叶片。它在溪涧上空招摇,甚至能布出一方绿荫,吸引并不太深的清波里寻找荫凉的小鱼们驻留。

总之在最初的两年里,它还算是一帆风顺,没有经历太大的波折。它尝到的和那个冬天一样的苦痛也算不了苦痛,那仅仅是每一株树都应该经历的折枝碎叶的细事,没有致命,反而能帮它更迅猛成长。转眼之间它的树干已经盈握,它现在可不是八九枝树叶,而是一小垛,在夏日里,它遮蔽出的阴影也不仅是容纳几只小鱼,现在它能够让半拉溪涧变得浓黑清凉,它的麾下可以站或卧上一头牛,也不一定让它的巴掌大的一块皮毛被太阳暴晒。看着一地浓荫,它为自己的成就沾沾自喜。

它欢喜得实在是太早了,因为灾难接踵而来。那是第三年,夏季七月,正是它最好的生长季节,但是来了雷雨和闪电,来了乌云与骤风。尽管它年岁不大,但雷雨骤风它还是经历过几遭的,它哪能把这些放在眼里。它对着吼叫狂舞的闪电滚雷唱歌,对着骤风伸展臂膀踢动拳脚。这算不了什么,这能算什么,你能把我怎么样?……越是猛烈的摇晃越让它惬意,它几乎沉醉于这种暴虐之中。在它东摇西晃嘿嘿大笑时,咔嚓一声——万万没想到,风力竟然这样强劲,只一下,它奋力长高扩展了数年的树冠就给彻底撅断了。

这是一场灭顶之灾!断裂发生在这棵树的上半腰,接近树冠的地方,相当于人的脖颈。整个树冠与身体完全分离,白茬参差,触目惊心。一溜树皮被从茬口扯下,尽管在突如其来的灾难中,树干出于本能并不放手那溜树皮,整个树冠栽落地上,只有那溜树皮尚在牵连。树冠在半空显得不大,但趴在地面上,显得体积庞大,几乎棚满了那条溪涧的溪谷,甚至都没有滑落到溪底,就那样斜歪着身体趴附在一大半溪岸上。风雨已过,树冠就那样沉睡溪坡,一动不动,眼看着枝叶在雨后烈日下失去水分失去绿色渐渐蔫巴。一溜泪水从断茬流出来,顺着树干上被撕裂的树皮白口淌落。新鲜的伤口迅速变作褐色,渐渐发黑。不再有叶片的欢声笑语,不再有叹息,横断的身体流干了泪水,一点一点干枯。这棵历尽艰难长大的树,眼看就这样死于这个它最喜欢的夏天。

它是一棵经历过死亡、从偶然中获取生命的树,它不会就此罢休。它默无声息,像是死去了,但那绝不是死,而是在沉默中酝酿爆发。它断裂的躯干内运转不息,翻腾着生命的激流与渴望。半个月后,离那处断茬半尺的地方,一丛嫩芽钻了出来,携带着无尽的愤怒,扭头弓腰顶撞而出,直指苍天。这丛芽蕾来者不善,竟然一出树皮就有手腕粗细,不是一枝,而是数枝一齐萌动。借着夏日的阳光,借着暖和的风,借着清涧之水,它扑棱一声就抖散身体,像是一簇箭镞,向着四方攒射。那是生命的奇迹,只用了不到一个月的工夫,在那处日渐腐朽发黑的断茬附近,一盖全新的树冠揭竿而出,只是体量略小,但不可限量的未来却一瞅便知。

成长总是伴随着苦难,没有谁能够幸免。苦难有多深就能长多高。这场断头之难影子虽长,但毕竟安然度过,到了第二年夏天,这树蓬散的树冠枝叶婆娑,哪有一丝昨天灾难的阴影! 就是那处断茬,也被日月风雨消弭,趋于平复。新生的枝干很快代替那截断枯的躯体,它仅仅是稍稍逸出,避开正在枯朽的断茬,在茬口的上方轻易就再度上下笔直,就像这棵树从没有过断裂一样。第三年这树的躯干已经上下接近一致,只有专事伐木的家伙才能看出这棵树的脖颈处发生过灾难,几近置它于死地。枯茬朽黑脱落,断口处形成一处拳头状的疤痕,就是那疤痕,也并不清晰,像是一处长得过快的树皮形成的涡纹。灾难的影子被阳光蒸发,只有这棵树的内心,纠结着这场灾变无法消弭的阴影,这阴影染黑了它紧抱着的圈圈年轮。

这树茂茂盛盛长粗长高,它俯视着溪涧,俯视着渐渐低矮下去的周围的各类树木,有历尽沧桑之感。在有风的日子,它甚至开始诉说过去,所有那些痛苦的磨难开始变成一种黄金的阅历,让它不但身量高大,更觉得身经百战,一种优越感像一条瀑布从树冠贴体而下。是的,它有点自满自足,觉得自己已经算是常胜将军,虽历尽坎坷但仍然茁壮,傲视群雄。

但这树高兴得实在是太早了，因为不久之后，也就是断头之后两三年时间，它的身体已经膨胀到碗口粗细——这时候，一场山火不期而至。没有经历过山火，一棵树就不算真正见过世面。那才真是生与死的考量，与道听途说的，与想象的，面貌殊异。那是一个初秋的正午，这树经验丰富，正在算计何时收回叶片中的碧绿，何时送走那些叶片并开始悄悄发育更繁密的根系。在它这样算计的时候，突然之间天地就变了。它能感觉到那蹊跷的变化，但阳光照样灿烂，溪涧间照样虫鸣唧唧，不远处有许多蝈蝈在唱歌，它们趴伏在地面的草丛中，当然不能像它那样高瞻远瞩。它呼吸到空气中的异味，接着它的树枝迎来第一批客人，那是些各色鸟类，有喜鹊、山雀、黄鹭、鹧鸪、啄木鸟……它们惊慌失措，磔鸣不已，突然，它竟然看见头顶上一只平素从来都是泰然自若不动声色的老鹰仓皇疾飞而去，而一群有着漂亮的五彩长羽的野鸡咯咯叫着低低掠过它的旁边。接着它看见了蛇、蛤蟆、蜥蜴、松鼠、野兔、狐狸甚至还有一只孤狼，两三只山獾，一小群山猫……这些安然生活在大山之中难得一见的各色兽类纷纷跃动，朝着一个方向奔逃！它们顾不得涧陡水深，有的一蹿而过，有的掉落进水里，泅水而去。有一只野兔甚至摔伤了后腿，它本来想一跳跃过深涧，但它的跳远功夫欠精，就那样哗啦跌进水里。还好，离对岸不算太远，它拖着摔坏的伤腿一颠一颠狼狈而去。它们一律惊慌失措，像是在进行世纪大迁徙，在逃难，在躲避灾祸。但灾祸仍在远方,看不到丝毫踪影。它摇动着头颅寻找,是的,它找到了,空气中有一丝焦煳味,只有嗅惯了溪谷里清凉气息的树才能分辨出来那种不正常的气味。它警惕起来,它知道一场灾难正在逼近,但弄不清这灾难是什么样子,该如何折磨它。它有点恐惧,它知道世界上的灾难多种多样,每一种灾难都能带来崭新的痛苦,与之前判然有别。但它是一棵树,它只能站在原地等待而不能躲避。它是一棵迎接灾难的消息树。

到了那天下午,日落时分,它才看见灾难的面影。按说太阳落山,星光月光熹微而皎洁,但在这条溪谷里,平日接踵而来的浓密的黑暗没有了,那种黑暗是安静的茂密的,比这树的最浓密树条上的树叶更茂密,但此刻黑暗却被稀释,闪烁的扑朔迷离的红光驱散了黑夜。山火由远而近,身影渐渐分明。它有长长的难以置信的乌黑头发,有狰狞的一会儿流血一会儿又溢彩的脸膛,它忽高忽低,跳跃奔突,比所有山林中的野兽都更狂野不羁更盛大。这树看呆了,一动不动。空气在变得灼热,它没有意识到那就是山火,马上就要一起燃烧,它的生命终要轰轰烈烈一场,之前经历的所有曲折就要变作一垛噼噼啪啪的火焰、一层遮覆地面的灰烬。它被迎面走来的辉煌吸引,忘记了一切。这时候它才明白它是渴望燃烧的,渴望变作火焰,这是与生俱来的一种本能,是所有树的梦想。它蕴含着无限生机,却时时渴望毁灭。

它听见黑暗崩塌破碎的声音,无奈、哀婉而轰然坠地,甚至还发出垂死的吱吱声,像是秋夜里一种什么虫子的呻吟,纺织娘或者蟋蟀。但山火太妖娆了,有点激动人心。她美丽而热烈,光焰四射,携带着呼啸而来的欢笑,似乎她活着就是为了欢呼,呼呼呼呼。她向它走来,它碧绿的叶片染上朝霞般的赭红,愈显茂密。它感受到了温暖,和初秋的夜凉形成鲜明的比照。它想抓住这温暖,似乎这样就能抓住那让它无限留恋的盛夏。这棵向暖而生的树忘记了一切,耽望着漫野流淌的红色黄色,以为夏天正在涌向它,它可以从此一直待在夏天里了,可以天天茂茂盛盛生长了。直到它的树叶在一阵灼烫的风里失去水分,褪去碧绿,慢慢变成白色。那不仅是热风,更是脱离了母体单独行动的火焰,没有颜色但更热烫,是隐藏的火焰,是焰心的一部分。叶片甚至来不及挛缩,瞬间变得苍白接着就呼啦变成红色的一小朵——是的,树叶开始燃烧了!那是一种剧疼,无法忍受但又痛快无比。这棵树从没有品尝过这种剧烈的痛楚,不知道最深度的疼痛和最淋漓的欢乐有异曲同工之妙。它昏厥了,分不清是痛是快。它的每一片叶子变成黑色的像是粉碎了的蝴蝶翅膀,灰屑飞扬,噼啪号叫。如果它身体里的汁液不争着朝外窥瞰,它仍然会沉浸在这红黄的奇观里,但它突然觉得自己要折断了——这对于它来说是最要命的,因为它品尝过折断的滋味。它呓怔过来才发现无数丛火焰在舐舔它的身体,像是老虎在用舌头挑逗无力反抗的猎物。它听见自己的皮肤爆裂的叭叭声响,它的树汁从破裂处冒出来,又立马燃烧变成一簇簇欢快的焰丛。它知道这就是死,死亡正在包围它,正在义无反顾地掳持它。啊不,不是被迫,而是它自己想燃烧,想死。它渴望着这样痛快地死亡。它必死无疑。没有哪一棵树能逃过这野蛮的大火。它幻想着浑身生出无数的红色枝芽,像是那一年狂风拂动枝叶蹿飞接着轰然折首触地……

它渴望着死但并不能决定生死,也许在它于此落地生根的那一刻已经决定它不能死于一场山火,无论这火势多么嚣张。这棵树依涧而生,山涧给了它生命也再次挽救了它的生命:山火烧着了它的半边身体,但山涧的那一侧山火无能为力,而从远处越过涧沟的火焰无论怎样居心叵测也无法回头够到这岸,于是这棵树保全了一半身体。还有就是它长得太快了,已经碗口粗细,所以拂掠而过的山火无法烧透它,嚣张的火焰不能让坚实而富含汁液的树体一下子屈服。

它的树干燃烧了一半,摇摇欲折。它头上的叶片全部被烧光,连叶梗也没留下。它成了秃子。哪怕是刮来一阵小风,它的树干也咿呀呀发出干燥的叫唤,伴随着这难听的声音就有炭屑点点块块坠落,从而让它的身子愈显单薄。它的身体内好像没有了内容,只有菲薄的树皮在苦苦支撑。它周围所有的树木悉数毁灭,一片参差的黢黑断茬直指苍天。和它们相比,它确实是幸运的,但它也面临着随时折断的危险。它孤零零地站立着,它还活着吗?或者业已死亡?一切像是梦境,它不能断定自己是生是死,焦疼汹涌,它被疼痛充满。腰部吱呀一响疼痛更剧烈,似乎它正在遭受雷击,身体崩散毁灭。一次又一次地雷震,一次又一次地死亡。它甚至不知道它是站着还是躺着,它对空间没有了概念。也许这就是死亡,站立着死去。粉碎了聚合,聚合后再粉碎。

石头都被烧得炸裂,到处是烟熏火燎的遗迹。没来及逃走的小动物的尸体燎光了毛发,拘挛成一小团。连地上的杂草都变成了一薄层灰烬,除了黑暗还是黑暗,没有一丝绿色。在浓绿遍野的季节看不见绿色才是最可怕的,也最绝望。活着和死去已经没有两样。这棵树不再挣扎,它孤立于焦黑之上,静等着拦腰折断。它的那半拉树皮实在无力支撑,它只能倾圮颓塌。

山火过后落了一场小雨,雨滴淋漓在它敞开的伤口上,它在疼痛中感觉无限滋润。雨水,是它最渴望的。雨后天放晴了,太阳仍然白光闪烁。这是夏末秋初的太阳,发着光和热,催促着一切植物快快生长。数天之后,碧绿的草尖就钻透地皮上那层薄灰,一株山杏树的根部蹿出了第一簇茁壮芽蕾。一切都在复苏,就像春天时那样。这棵树竟然一直站立着,在吱吱呀呀中腰身并没有折断。这真是奇迹! 在它羡慕其他树木的那些幸运芽蕾时,它感到了颈项上炸裂的刺疼,它悚然一惊,以为大难终于临头。但它错了,那不是焦炭的伤口的疼痛,而是略带嫩黄的一簇芽头。它发芽了! 它竟然又发芽了! 当得知它活着并且正在发芽就要舒展叶片时,它的激动无以言表,它真想从地底下连根跳起。

不是一簇,而是无数簇。叶芽接二连三生发,舒展的速度惊人。它只用了十天,就让半边的树冠枝条全部覆满叶片。另半边的枝条彻底死了,渐渐干枯。它的希望像太阳升起,光耀天空。它浑身充满力量。它要拼搏,要治愈身上起伏不平的创口,要再度枝茂叶繁。它借着风势,一点点抖落树干里的炭屑。它对已经枯干的枝条无能为力,但它知道到了冬天,北风自会摇落那些枯枝,它现在只管伸过去枝叶占据那些枯枝的空间即可。它日日夜夜滋生皮层,长出一疙瘩一疙瘩的瘤突,悄悄挤开那些成为杂质的焦炭。它得快马加鞭生发皮层,供它恣意生长的热烈天气所剩无几,它要赶在冷凛的秋风莅临之前弥漫皮层填补伤口。它要让皮层木质化,只有这样才能抵御深冬里凶猛的寒风。它没有在一场大难中夭折,也不能被接踵而来的冬天挫败。

这棵遍体鳞伤的树,这棵死了一半的树,站直在那个秋天里,站直在那个寒冬里。虽然它身体的半边布满瘤突与凹陷,但它在北风里站得笔直,没有忽闪忽闪地崩裂折断。它是傲立的不倒战旗,千疮百孔仍猎猎作响。

又一个春天来临,这棵疙疙瘩瘩丑陋的树发现它高过了所有同伴,周围刚刚长成的次生树苗与它比简直是小巫见大巫。它发现自己得风得水,占尽先机。再没有树木能遮蔽它与它争夺阳光,甚至小病小灾它也能免除,因为它实在太高了,虫子们爬上去都费事,所以它不再罹患任何病虫害。对于一棵山野里的树木来说,身体蛀出孔洞叶片被虫子蚕食本属家常便饭,没有树木能够幸免,而现在它却可以一身清爽。它不敢回忆那场红光闪烁灰烬纷飞的大火,但有时它竟然觉得它应该感谢那些蕴满灾难的红色火丛。

它生长得实在太快了,它的皮层第二年已经完全充填包裹伤痕,另半边树冠的枝叶也扭着头生长,完全替代了这半边枝叶。到了第三年,它的腰身已合抱粗细,不走近细看,根本分辨不出它合围的身体遭受过重创。环绕过来的皮层融合一体,最初的凹凸很快抻平,树皮布满均匀的菱形裂纹,就像从溪涧揭掉一层涟漪贴在上面。它的苦难记录在年轮里,只有锯开它的身体才能看见那些苦痛形成的旋涡和疙瘩。它的痛苦深藏于内心。

它从不敢怠慢分秒。它日日夜夜勤奋成长。它尽力膨胀树冠伸展根系。它要长出越来越稠密的叶片,要在阳光里闪亮,要在风中飘摇跳舞。它要伸出和土粒一样多的绒根,长出和它的柯杈一样粗大的主根。它太喜欢风和阳光,太喜欢水和土。它热爱它站立的这个地方,热爱这一切。

三年过去了,五年过去了,十年过去了……它忘记了时间,它耽于享受阳光与风,沉醉于一圈又一圈的年轮扩展。如今它的枝丫早已够到对岸,远远盖过了对岸。它的大根小根编织成一面密实的网络铺满溪坡,那面溪坡盘错的全是树根,几乎没有了砂石。它的根竟然越过溪底到达对岸,开始在对面的岸坡偶露峥嵘。它的躯干硕壮粗阔,因为生长过快在近地处形成褶裥,褶裥之间竟然能窝藏一个人。下雨的天气你站到树下,身上仍会干干的,衣服不会被淋湿。那茂密的层层叠叠的树叶能够遮挡一场中雨。

你只有在深夜里才能听见它一声声低沉的叹息。它在黑暗中回忆往事,黯然神伤。但它只在暴烈的风中发怒,从不哭泣。

它是一棵公树,秋天它的枝丫光秃秃的,结不出堆叠成垛的金黄籽串。它不能遍撒种子,让子嗣簇拥蔚然成林。茕茕孤立是它的宿命。

它是一棵充满苦难的树。它是一棵臭椿。

庄子称它为"樗树",美国作家福克纳则叫它"天堂树"。

它是风景树,徒有好看的外貌,要是你揉碎它的羽状复叶,会发现它的汁液臭不可闻,拒人于千里之外。

第二辑 思想闪电

小说是什么

　　小说是什么？衡量一篇小说是否优秀有没有统一的标准？

　　这些看似不是问题的问题，很难有一个准确答案。而对于写作者们来说，有无答案都无关紧要，答案与他们的作品无关。有一句话叫"文无定法"，是说文章自古就没有一定的写法，无论你采用哪种笔法，只要你有天赋才气，都能写出好作品，世界上再没有一种事情像写文章这样不拘一格了，天马行空，无影无踪。文无定法当然适合于小说写作，于是乎榛莽丛生，小说的山野里万头攒动，一派繁荣昌盛景象。

　　但那些经典作家却对小说做着自己的精确诠释。马尔克斯说，小说是真实的谎言。

　　马尔克斯的小说的确满纸谎言：一个姑娘平白无故坐着一块方毯飞升云天；人长出了猪尾巴；一个人活了三百岁才死，而且死后灵魂仍站在香蕉树下娓娓谈话。在他的另一部著名小说里，一个天使老人翅膀扑扇扑扇不慎落进人家的院子里,羽毛上沾满烂泥与鸡粪……此类现实中根本不可能发生的事情在马尔克斯的作品里比比皆是,真是谎话连篇,蔚为壮观。

其作品和马尔克斯有"姻亲"关系的俄罗斯作家布尔加科夫也擅长谎言,在他的著名小说《大师和马格丽特》里,他让魔鬼靡菲斯特化为人形降临莫斯科城,让一只黑猫在街道上跳来跳去,从而使整座城市陷入混乱,一系列匪夷所思的事件接二连三发生:诗人的头颅像刚刚被预言的那样被公共汽车的车轮切掉;马格丽特骑着一根拖把飞了起来,沿着阿尔巴特大街低空飞翔,为的是把苏联作家协会大楼的玻璃稀里哗啦逐窗敲碎……

还有卡夫卡,更是奇妙,说出的事情全部子虚乌有:一个人一觉醒来发现自己变成了一只甲虫;另一个人好好地待在自己的房间却被告知犯了重罪,被司法机关逮捕,至于罪名谁都说不清;还有人要成为饥饿艺术家,在小城广场的一只铁笼子里骨瘦如柴地被公众瞻仰,看看他能否打破之前有人创造的饥饿纪录……

马尔克斯、布尔加科夫、卡夫卡的小说世界与日常生活的现实逻辑背离,开篇就明确告诉读者他说的事件全部是假的,但你真正读进去时,才发现作家的世界没有丝毫虚构成分,全部真切可信,语言带你走进那里,你有一种亲历感。阅读的感觉彻底颠覆你的日常经验。《变形记》中的格里高尔发现自己变成了甲虫,而且渐渐明白自己的腹部有许多只舞动的脚爪,它的脚爪上沾着三两点面包屑,爬行在陡直的墙壁上和天花板上如履平地;当他最亲爱的妹妹扔给他一只他平日喜欢吃的苹果不慎砸伤背上的甲壳时,随着咯吱一声钝响,一阵尖锐的疼痛险些将他击昏,他的背部在许多天里都有一个凹坑……

真实的谎言,一点不错,这些优秀作家有这种本领,能把假的全说成真的,比真的更真切,真实。

他们的小说世界与现实世界的逻辑背离,但都达到了极端真实的状态。列夫·托尔斯泰的小说世界却与现实逻辑丝毫不差,他作品里的人物仿佛就生活在我们身边,但同样,那个世界甚至比现实更真切,让我们有亲历感,像是看着发生的一样。你能看见《安娜·卡列尼娜》中的列文和收割青草的农民一起劳动,一起喝一种叫格瓦斯的饮料,你跟着列文走在深夜的草原上,能嗅到青草的芳香、露水的湿气,能看见天上行走的云朵,看见时隐时现的月亮。你还能看见列文的妻子吉娣,看见她坐在阳台上和一群家人讨论怎样做草莓酱……语言就像是一场大雨,彻底淋湿你,把你擭进作家营造的世界。真实是全方位的,是能看见的、听见的、摸触到的事物,你能感知人物的呼吸、心跳和最微妙的内心波动。那整个世界不是一个概念,而是活的有生命的机体。当一行行文字从你眼前掠过时,你忘记了自己是在阅读,你的心一直发紧,你觉得身处其中,历历在目发生的事情真切得让你有点喘不过气来。

无论与现实逻辑符合或背离,作家们前赴后继,都是为了能更深入地写出世界的真实而采取各种可能的手段,不懈探索。美国作家福克纳在一次回答记者提问时说,小说家为了写好小说可以不惜打劫自己的母亲。他说这话的意思是,为了深入真实,小说家会不惜一切手段。有一个时期文学理论把现代作家长于书写人的内心世界说成是现代社会对人的挤压所致,让人异化,不得不回到内心,其实这种说法是可笑的,站不住脚的。现代作家的作品中有大量内心描写,是作家们为了深入真实所开辟的一条途径,他们发现书写内心更容易真实地展现世界,更容易进入真实,与所谓的外部社会对人的异化风马牛不相及。

　　验证一个作家是否优秀,就是看他能否用语言一把把你攫进他的世界,让你有身临其境的真实感觉。真实是小说的灵魂,也是小说的生命,也是小说必不可少的特征。缺少了真实,根本就不是小说,小说的品质高低当然也无从谈起。

　　如果我们给小说一个定义的话,那小说就是用语言在纸上创造的一个真实世界。

　　用真实这个标准去考察当下的大部分被称为小说的文字作品时,我们不免失望,乃至绝望。在真实这丛火焰的燃烧下,那些文字呼啦一声灰飞烟灭,看不见闪光的金子,留不下有价值的成分,因为它们的内里真实的元素实在太稀薄,它们仅仅只是一些用雅致的语言书写的故事而已。这些文字不能被称为小说,充其量只能叫作"雅故事"而已。

对于小说来说,故事不能说不重要,人生来有听故事的天性,没有故事的小说容易让读者乏味。但故事只能作为小说的框架,其重点不在故事而在真实的内容。任何故事,任何题材,都能写出好小说,从这个意义上说,故事不是那么重要。对作家们用语言创造的真实世界来说,故事是其中的一个并不那么重要的因素。

人类社会中人与人之间发生的故事有数种固定类型,在戏剧文学中被称为"戏核",也就是一百多种吧。就是说,故事是可以重复的,无论多么稀奇古怪的故事在历史上都曾经发生过,都是一种重复。重复不是创造,不具备艺术价值。讲故事应该是故事家的事情,作家不是故事家,不能取而代之。只讲故事的作品当然不是小说。

小说也不能片面追求语言,你的语言再才华横溢汪洋恣肆,假如内容缺少真实的元素,照样不是小说。一个农民把铁锹打磨得明光锃亮不是用来炫耀的,而是用来刨地的。语言是通向真实的工具,而不是目的。过于偏重语言常常使作品显得空洞无物,华而不实大而无当,反而远离了真实。

有人考察小说时,常常从"重大社会意义"入手,先看作品所写的事件有无社会价值,然后再论小说的品质。但要是被考察的作品连小说都不是,其所书写的事件无论多么重要,对于文学来说都是一文不值的。

还有所谓的派别、主义,也远没那么重要。这些东西都是理论家命名的,作家在创作时从没想过自己是什么主义,是什么派别。马尔克斯从来不承认自己是什么"魔幻现实主义",福克纳也不清楚自己为什么被列在"现代派"小说家之列。优秀作家们只有一个目标:真实,对于什么"主义派"之类的东西向来不感兴趣。

真实有一种力量,可以穿越时代,穿越文化与地域的重重阻隔呈现在你的面前。那些经典小说作品无不如此,都有这种品质。我们读《红楼梦》,似乎就生活在大观园中;读沈从文,似乎就生活在湘西的山山水水中;读列夫·托尔斯泰,似乎就生活在俄罗斯的莫斯科,在那乡下的庄园里,没有丝毫隔离感。而假如换个时代换个文化背景读中国当下的许多小说,读者会不知所云,因为它们的真实元素过于稀薄,一旦公众通识的时代符号更替,这些所谓的小说就成了形销骨立的社会事件梗概,除了有文化学上的记录价值,缺失真正的艺术价值。为什么西方社会学者、文化学者和政客想了解中国社会,总是先读中国当下的小说作品,这是原因之一。鲜有外国作家和文学研究者真正重视中国当下小说的。这也是为什么许多红极一时的所谓优秀小说时过境迁很快就被人忘掉的原因所在。

离开真实去谈社会意义,去谈主义或创新,去谈个性化语言,都是没有价值的,是无本之木。连小说都不是,谈小说所附带的价值,均是空谈。

我们当下的小说写作误入歧途有太多历史的文化的甚至现实的原因,但对于一个把写作当成终生追求的人来说,需要有清醒的认识。我们面临的问题不是前进,而是重新认识,重新回到原点,回答小说是什么这个原始问题。

一句话,我们的小说观念需要重新启蒙。

想象生活

《夜长梦多》的写作始于 1998 年秋天，当时我刚来北京，住在景山后头一座堪称雄伟的大楼里——那座楼属俄式风格，有点"金玉其外，败絮其里"的味道，看着富丽堂皇但其实就是一座办公楼改成的筒子楼，去一趟厕所要疾步快行数百米，两旁挂着帘子的或闭或张的门列队监视着你。我住在五楼（顶楼）一处只有七平方米的用垃圾间改造的空间里——是的，我不知该如何称呼它，因为那并不是一间房，而仅仅是一处呈"L"形的黑道，像是手枪的形状。当躺在床上睡觉时，我想象自己是一粒枪膛里蕴足劲儿的子弹，要是某一处神秘的扳机扣响，我会飞射出去，掠过景山上空，掠过故宫中轴，掠过大前门……朝着故土的方向一路飞往昏冥的梦乡。

当然，飞翔的不是我的身体，而是想象。我每天凌晨 5 点起床，逐级而下，出门绕着尚在睡梦中的景山公园一周，回到那狗窝一般的住处,趴在木板搭起的书桌上让笔尖与白纸亲吻,发出滋滋的不停歇的诱人声响。我想写一部中篇小说,写写我生活过的村庄,村庄田野里的那一泓清澈的池塘,写写围绕这口叫作"南塘"的池塘所发生的一切……语言照亮记忆,记忆的纷繁密集令我吃惊,小到一株庄稼一只昆虫,大到一个季节一座房屋,物事犹如洪水,犹如满天的星辰,朝我涌来,覆盖了我。想象裹挟着我凌空而起,我只有顺应着语言的意志写下去,但肯定已不是一部中篇小说的容量。

当时我一个人在北京,举目无亲,两眼一摸黑,属于我的世界只有语言、只有想象,不可能再有一丝多余的干扰。我白天去一家出版机构上班,仰人鼻息,拿到手略带羞辱性的少得可怜的薪水作为我逃离的自圆其说的理由——之前我一直在故乡的一家乡镇卫生院工作,安安稳稳做一名骨科医生,而且小有名气,算是那一方土地上的"名医"。天天求医者盈门,让我不曾拥有过一天不被扰乱的时光。有一天晚上我去镇外的田野散步,突然听到镇上的高音喇叭在喊我的名字,吓我一大跳,侧耳细听才明白是有病人找我看病,喊我快回。我不想如此热闹,也不想被盛名之下的责任重担压死。我想逃开,想拥有吃一回安稳饭睡一场囫囵觉的生活,想静静地读读书写写我喜欢的文字。于是阴差阳错,我就钻进了北京城里的这管枪膛之居里。

写作伊始极顺利,我一口气写了十多万字,天天意犹未尽。

我沉浸其中,有说不完的话。对着白纸倾诉是我那一个时期的生活主题。但好景不长,接着我就搬离了那处枪膛,不再是一枚子弹,成了一个为谋生而奔波在北京街头的匆忙男人。我住进更宽敞的房子,但不再拥有美好的孤独时光。因为好马不吃回头草,我决计不再返回,不再重新让听诊器圈住脖颈,全家人就只能随我北迁。在北京这样的大城,一家人的生计绝非小事,我只有放弃一切,拼命做事挣钱,好让家里的米缸常满,尽顶梁柱之重任。我没有一天没有一小时不想着我的小说,却很少坐下来痛痛快快写作了。再说要走进我的小说世界也不那么轻易,没有整块的时间,没有深深的孤独长廊,那个世界不可能打开它的大门。

但其实这些生计之虞仍然是借口,让我举步不前最重要的原因则是我对小说的审视。我在重新认识小说,试图通过写作这部作品来探索小说深藏的奥秘,从语言,从叙述,从艺术真实乃至思想性……从各个层面抵达小说的内部。我借助不懈的阅读,借助反复的思考和琢磨,一点一点在解开纠结,解开小说之谜。但对小说的考量越多,写作进展越艰难迟缓,有点像在缺氧的高原上攀登山峰,到了一定高度想再往上前进一厘米都困难重重。总是眼高手低,这一次你觉得已经通过了某处隘口,解决了某个难题,你肯定能够写出另一种面貌的文字,抵达理想的高度,让自己激动不已;但事实总是在唱反调,折腾来折腾去,你不过是在原地兜圈子,你觉察出的毛病只是换了一种方式,但仍然顽固地站在那儿,阻挡着你前行。

　　生活在悄悄出现转机,终于有一天我不再被谋生之事困扰,我可以坦然将精力投入小说写作中去了。这时候似乎我也解决了写作的诸多难题,能够写出让自己满意的文字了。我开始着手完成这部延续经年的小说。我磕磕绊绊,没有再一再二地毁掉写好的文字,而是将片段连缀一体,算作漫长劳役的终结。

　　集体的历史和个体心灵的历史压根儿就是两码事,是两个面貌迥异的世界。但历史只关注社会事实,从来不去探究心灵风暴,而恰恰是个体心灵的微妙变幻在决定社会历史的走向。在《夜长梦多》里,我试图写出一个村庄的历史和一个人的心灵历史,让两者共同构建历史真相。但我明白这种努力是徒劳的,因为每个人都有自己的心灵史,不可能以蠡测海,繁盛茂密的真相是永远无法穷尽的。

　　一件经过锻打的铁器,早已褪去烫红,成为沉甸甸的黑冰。让该使用它的人使用它,该拥有它的人拥有它,现在我只想扔开它,彻底忘掉它,就像狮子用牙齿撵走成年的孩子。写作的兴奋与沮丧皆成往昔,我已经厌倦,不想再多提这场苦役一个字。

寻找语言

　　我站在郊区开往城里的公交车上，吸着肚子缩着肩夹在人缝里微笑。我想起了一个句子，想到人生不过是上帝的一场游戏，像镁在空气中燃烧，霎时迸发绚烂的光彩又转瞬即逝。这个深刻而美好的比喻令我无限欣悦，我想立即把这句话记下来，而且再次掂腾放妥每个词的位置。但我的计划不可能实现，因为挤在人缝里你不可能把别人的脊背当作书桌写字，也不可能把手从下头抽上来握热笔体。我心里一派焦急，希望那车跑得快些，让我赶紧跳下去蹲下身子在小本本上记下这美好的句子。但是车不遂人愿，堵堵停停是北京城的老习惯，而我总担心会遗失想好的句子或者稍停后再写那句子已经变了模样。确实是这样，句子需要马上用书写固定，否则极快地会在空气和时间中变色变质……这应该是十六年前的事情，当时我还没有迈过不惑的门槛。在那辆散发着浓烈异味的破旧公交车上，我沉浸在童年的一场游水事故里不能自拔。那天上班我心不在焉,不断地在纸片上记下想出的句子,或者一个词。第二天早上,在携带着一截黑夜尾巴的清晨,我一口气写完了《与水为善》。

时间的大手在抹去一切,迈过某个年龄门槛后,你会发现记忆中的画面已经漫漶淡漠,不像以前那样清晰那样纤毫毕现。即使是印象最深刻的童年画面也不例外,也像躲开渐近的死亡一样在离你而去。在时间面前,我们的肉身我们的记忆全都是战败者,不值一提。但世界上有一样事物可以与时间抗衡,令时间束手无策,那就是语言。

语言能从时间的指缝里轻易溜掉。如果是金子般的语言,在时间的大火里它可以染上火焰的颜色,但绝不会熔化或销毁。语言是暗夜里的星辰,自己会闪闪发光。

我的村庄

一

其实村子是极其封闭的,村子里的许多事情都是隐秘的,不足为外人道,也不会与外人道,即使邻村的人也休想知道本村的内情。家丑不可外扬,封闭又排外是村庄的自卫本能,谈这个话题我也只能说出个皮毛。一是村庄是中国社会文化的缩影,"县城是个大村庄,北京是个大县城",中国文化的核心是村子文化。二是现在村子在遭遇前所未有的冲击,各种传统的观念都在粉身碎骨,而新的规则还没有系统地建立起来。更可怕的是村子里的人正在陆续远离,村子正在衰败消亡,好时光不再。我们老家的小伙子说媒,女方彩礼的基本要求是必须在县城有一套房子。城市化进程在加速,也许若干年后中国大地上只有城镇连通城镇,村子会成为仅供游人观赏的民俗风景。

　　我童年时的村子，正处于中国历史上少有的最完整的村子时期。村里男女老少齐全，谁也别想离开村子，出去讨饭也要带介绍信，否则你就是流窜犯。那是一个画地为牢的年代。一村子人天天只与土坷垃摔轱辘，田就那么多，耕种起来也费不了多少事儿，劳动成为游戏之一种，集体狂欢。一大群人在一起有的是闲空，又是可以出勤不出力的公有制，不生出是非非绝无可能。再说也从饥饿年代走出来了，虽然吃不好，但也不至于饿着，人们折腾起来有的是精力，但折腾又不是之前的动枪动刀的瞎折腾，只是东一榔头西一斧子，花样翻新，天天好戏连台。折腾中人性尽显，藏都藏不住。那可是文学的温床，艺术的摇篮，我有幸在其中度过童年，受益良多。

二

　　村子里是人、鬼、神、精杂居的，而且人的世界占比并不大，充其量也就五分之一吧。最多的是鬼魂，祖祖辈辈，得有多少死去的魂灵游来荡去啊，它们无处不在，不知哪天就要附身活人说说话，将他在世时谁也不知道的秘密炒黄豆般倒出来。有时还托梦，说各种未来的事情。它们喜好夜里走动，所以天一黑根本不敢出门，你随时都要碰上成群的魂灵，生出各种稀奇古怪之事。

再就是各种精怪:蛇精、黄鼠狼精、老鼠精、蜘蛛精、蟋蟀精……凡是动物皆能成精,因而我们轻易不伤害任何一条虫子,要伤害一定要活儿做彻底,彻底杀死,你要是伤它一条腿却留它一条命,小心日后成精报复你。也有精怪托生成人的,我的一个要好的小伙伴就是蟋蟀精托生——所有蟋蟀都听他的话,他往田里一站,嘴里发出一种唧唧的叫声,满地的蟋蟀会黑水一样朝他涌来。他能一下午逮成串的蟋蟀,因为饱食蟋蟀,他家的鸡下蛋最勤。他的双眼有点凸,头发也有点支棱,模样有点像蟋蟀。我们吹口哨都是噘起嘴唇,而他却咧着嘴龇着牙,而且吹得响亮,发出金属音尾。在刚翻耕过的田里玩耍时,他竟然会四肢着地一蹦一蹦跳跶。有人看见过他展翅飞起来,离地三尺高。我没有见过。他让我摸过他的脊梁,并没有人家说的有梗,有个伙伴说摸到过他的梗,有点硌手,像是老茧,在肩胛骨下头,一摸就是翅根。因为这事我们还吵过架,差点打起来。我坚信他没有翅根。他后来又让我摸过一回,啥也没摸着。只有要好的伙伴才有摸的特权,他又好斗,你要强迫摸他会咬人,那分明就是蟋蟀的红板牙。伙伴们都等冬天来临,因为寒天里蟋蟀没了力气,悉听尊便。冬天里摸脊梁是极重要的娱乐游戏之一种。

你要是以为只有动物才成精,那可是大错特错了,我们村里的树木都能成精,连田里的红薯也能成精。灵芝草不说了,光是红薯精每年都能碰上几起。那红薯一看就不一般,小腿粗的块根该收尾的地方却突然伸出脐带般粗壮的根，拧着劲子捅向地底，谁也不知道它去地底下干什么。每块田里都能遇见一两棵红薯精，遇上大伙儿都知趣，不去一探究竟，赶紧收土埋好。谁也不想惹出个啥事儿。

反正村子里天天有稀罕事儿，活人的事儿就够多的了，目不暇接，而动物界也不闲着，今天这家的老母猪生了一头小象，明天那家的羊下了只鹿……那些鹿和象一律是不等人见就被埋掉了，我跑去看了无数回，没一回能见得着。当然，只听说过牛生骆驼，但从没听说过骡子生驴或马的。骡子是丁克家族，它们不能轻易违背祖训，改变不事生产的禀性。你别指望它们会改邪归正。

在人、鬼、精之上，天庭的最高处坐着的是神灵。他掌管着一切，他在最高处却又无处不在，"头顶三尺有神灵"啊。神灵法力无边，没有他办不到的事情。连脚指甲里都驻有神灵——天黑是不能动剪刀修指甲的，怕碰着了指甲神惹出大麻烦。大年初一五更里他会待在家家户户堂屋的后墙上，享受腊胙果品的供奉。村子里过年其实是神和鬼的盛大节日，即使在"破四旧立四新"管制最严苛的年代，也没见谁家过年堂屋当门后墙（核心位置）上缺少过玉皇大帝像和灶王爷像。大帝像两侧的对联是"敬天地三杯美酒，谢神明一炷清香"；灶王爷像两侧是"上天言好事，下界保平安"。大年初一五更里放完鞭炮，接下来就是烧香磕头祭拜老天爷——玉皇大帝，再接下来是吃完饺子上坟烧纸。上坟烧纸的动

109

静更大,家族门阀中的所有男丁悉数前往,坟头摆上腊胙供盘,熊熊火纸照亮黑夜。当然,首先要放一挂鞭炮,唤醒先祖们起来捡纸钱,接受后辈们的朝拜。

我们村里没有祠堂,也没听说周围哪个村里有,不设祠堂的原因可能是为了公平。"人争一句话,神争一炷香",你只盖了祠堂祭奠鬼灵,神灵和精灵怪罪下来谁能吃得消!(但也可能是灾难频仍,一会儿发黄水一会儿干旱一会儿又兵燹跑反,流徙无定,没有心思也没有财力建屋设牌纪念列祖列宗。)

三

村子是半人半神化的社会,在我人生的早年受其浸渍,神灵的概念是深入骨髓的,算是与生俱来。后来我走出村庄,接受现代教育,当然也接受了无神论观念。教育成功把我改造成一个无神论者,但教育也教会我读书和思考,这样我就又回到原点,"头顶三尺有神灵"又成了坚不可摧的真理。我是学医的,在学校前后学了三十几门课程,大都是针对人的身体的。现代医学对人知道的其实是很少的,除直观所见,几乎算是一无所知,所有的理论都是假说。所谓假说,就是假设,然后自圆其说,若干年后另一个假说会推翻前一个假说。比如蹭破了皮肤,一滴血要凝固,看似简单,却要发生五十几种化学反应,前一种反应的产物作为酶激活下一种反应,层层累进,然后才形成纤维网络逐渐凝结封住伤口。世界上最完备的生物化学实验室都望尘莫及,不说限制时间,单说这五十多种阶梯化学反应,想完成都不可能。还有智慧,到底是怎么一回事儿谁也说不清,因为大脑的定位支配功能,医学就认为智慧存在于大脑,但大脑也可能仅是一个中转站,智慧到底在哪儿还是一个谜。我们连神经细胞互相之间如何传递信号都不知道,就提出电突触化学突触各种假说,且没有一种能令人信服。有人还异想天开要在大脑内埋藏一个芯片,把意念引流出来,说是能把你的想法马上付诸现实;也有人要制造智能机器人,说是有一天要与人类平等,甚至有可能支配人类……这些科技狂人忽略了一个事实,就是神给人类的智慧划定了明确的范围,界限分明,人类无法也不可能逾越。从一件司空见惯的日常小事就能看见神的存在:你沿着自然数的长廊前行或后退,你永远走不到尽头。至于为啥找不到尽头,是因为神给你的智慧设限,神要通过这点滴小事昭示他的存在。

在历史的各个时期,人类中的最聪明分子都意识到了神的存在。经典力学之父牛顿晚年去研究神学,哲学家叔本华追究世界的本源,最后推导出一个"物自体"的存在——那是神的别称。而居住在不同区域的人类在文明孕育的童年时期都意识到神的存在,产生了不同的宗教。童年时期的感觉最接近真理,深入世界的本质。我们当然不能轻易否定人类童年时期的结论。

111

我的长篇小说《夜长梦多》里的南塘也好,女娲也好,都是神在人间的显现。嘘水村发生的每一件事情都是一种命定,包括翅膀的遭遇。神让翅膀受尽磨难的目的,就是要让它具备能力记录神的存在,要让神活在纸上。神在现实中的居所消失了,但神要住进语言的居所,要永恒在语言之中。

我的写作

语言

在我小的时候，过年是头等大事。小孩子憧憬年，憧憬新衣裳，憧憬一连好几天吃白面馒头还能吃到肉，憧憬走亲戚……但对我来说，最憧憬的是爆竹，是大年初一夜里满村跑着捡拾放鞭炮时炸落未响的小炮。鞭炮粉碎了一年到头的平庸，炸开了一年伊始的全新气象。年节前家家户户例行蒸白面馒头、油炸食物，说是准备年货，其实是庄严的过年预演仪式。每当此时，小孩子都被撵开，大人们不让靠近厨屋，因为担心多嘴多舌惹祸。我清楚地记得有一年蒸馍，朝锅里装馍坯时我随便说了一句："别不发了啊。"我不知道为什么说那句话，话语是自己从舌头上溜出来的，似乎与我无关。正在忙碌的大人们面面相觑，但也没说啥。奶奶扬扬手说,你出去玩吧。我惹了没趣,一扚蹶跑走。当我回家时,发现伸展开的晾馍的秫秸箔上,一小群干瘪丑陋的死面馒头没趣地躺在那儿,悻悻地望着我。那锅馒头被我说"死"了,上锅的馍坯没发酵起来。所以从小时候我就坚信,语言是有神性的。我们天天使用语言,其实我们对语言所知甚少。

都知道对于写作来说,语言是头等大事,直接决定作品的质地和高度。我们想让自己的语言更有诗意,更独特、更精确完美,可总是事倍功半。个体语言与诸多因素相关,除了最重要的天赋之外,还与人生观、感受、思维方式密不可分。一个缺乏诗意的人,很难拥有诗意的语言。但在影响语言的诸多浅层因素中,我们可以努一把力有所作为,比如陌生化、方言和口语的选择性运用、古汉语精华的吸收……反正我们通过努力也许能为自己的语言增光添彩。

在我的一部长篇小说里,我形容女娲的神圣宁静,用了"活跃的宁静"这种说法。显然活跃与宁静是矛盾的,似乎不能同时存在,但神圣的宁静肯定有着内在不息的活跃生命,只能用"活跃的宁静"才能贴切地形容这种神性状态。再说这种诗性的陌生化也使语言有了个性。诗人的使命是创造性地使用语言,拯救被习惯磨损毁坏的语言。比如"桌子腿儿"这种说法,最初使用多么贴切而富有拟人诗意,但经世世代代反复使用,当初的拟人已不复存在,桌子腿儿已成了明确的指称,不再衍生任何其他含义。有强劲生命力的语言已经死亡,需要全新的语言来替代。诗人就是寻找这种最佳替代语言的人。诗人是神的使者,给世界上万事万物重新命名是他的使命。

方言和口语是活着的语言,有些词语之所以没有消失死亡,还茂盛地活在人们口中,肯定有其深刻的原因。我试图选择性地使用有特色的方言,来增加语言的个性。当然,这也与我们那地方属中原地区有关,我们那儿是古汉语的发源地,至今许多只在古籍中看到的语词,还存在于方言中;现代汉语已经抛弃的用法,还能在口语中找到。我从小生活在这样的语言环境中,浸渍在这种语言中,肯定会对我的语言生活构成致命影响。

对了,还有古典汉语,这是我们语言的母体,有着取之不尽的精华。每个用汉语写作的人,都应该汲取这精华,获得丰富营养。古典汉语教会我们简洁与精确,教会我们如何让语言内涵深远。可惜我们这一代作家古典汉语的底蕴并不丰厚,与"五四"时期的那一代作家相比差距遥远。私塾学制是中国现代文学的温床。在学习语言的关键时期,我们在一定程度上生疏了古典汉语。婴儿期没有母乳喂养,后来的弥补效果有限,但也亡羊补牢,略释缺憾吧。

当然,书面语的优美雅致也很重要,能一定程度中和口语方言中的粗鄙简陋。但要是你压根儿是个粗人,天天浸泡在书香里也不一定能雅致得起来。薛蟠读了国子监大学的本科和硕士,再读完博士,想变成制词弄诗的贾宝玉还是会有些难度。

叙述

我们村口没有弯腰大柳树,因为柳树好生虫,难成材,只有坑塘多水的地方种种,不可能让它站在村口。至于松树柏树,不是村子的常客,偶有一株也只待在坟园里与鬼魂为伍,从来不近村口。村子里一切以实用为准则,种树就是为了成材,白杨树得天独厚,整天拍着手排满村里村外。在村口就有这么一株合围大杨树,即将伐去锯解建房当椽子,但到了夏日夜晚仍是不知死期迫近天天笑响。我们抻展苇席躺在树下,听某一位辈分比我高三阶的老者讲古。他的声音携带着众多人物在夜空里翱翔。他讲许仙和白娘子的事情,我们张耳倾听。在讲述过程中不断有提问和质疑,他也不停地回答解释。我想那应该是对故事的解构。在幼小时期解构主义已经横行我们村里。而开头是许仙和白娘子,讲着讲着会变成邻村王老二和媳妇,那媳妇偷人被抓,被丈夫收拾一顿披头散发。我后来才知道这叫戏仿,和巴塞尔姆的《白雪公主》异曲同工。

村头讲古的不是专业讲述者,说书人才是靠嘴吃饭。冬夏农闲时节,每临夜晚,说书人在街巷敞亮地儿支起鼓架,敲响简板,

116

拉长调子,带人们走进扣人心弦的故事深处。他想尽办法拉抻情节,在你的心提到嗓子眼儿上时猛然打住,敲鼓打板尾音苍凉地将讲过的事情再唱述一遍。一部书他能讲好几个月,当然也是为了吊起胃口,好让他多讲些日子,好让他白天掮着布袋挨家排户收缴红薯干作为酬劳。至于哪儿先讲,哪儿后讲,哪儿粗讲,哪儿细讲……他会根据需要灵活调度,达到最佳效果。一个好的说书人,能讲述得得心应口,技巧炉火纯青。

村口讲古、书场说书,都是有声讲述,与纸上的无声讲述相比,受限太多。纸上的无声语言使讲述者获得空前的自由,可以花样翻新,可以粗讲,也可以细讲,可以随意安排事件发生秩序,不必再考虑现场听众等诸多因素。无声语言使讲述魅力无穷,变成了叙述。无限自由而变化多端的叙述能创造一个更真实也更丰富多彩的语言世界。

一个优秀作家会准确地选定他的叙述者,让这个个性化的叙述声音主导全局。如何处理叙述者、被叙述的事件、虚拟听众三者的关系,是考验一个作家技巧成熟度的核心指标。叙述者与被叙述事件之间的距离不能一成不变,要灵活调节,根据需要可远可近,有时是概况式叙述,有时则是蒙太奇式的无限接近对象。而叙述者与虚拟听众的距离也应在不断的变化中,可远可近,可亲可疏,从而达到最佳叙述效果。在这方面福克纳做到了极致,他得心应手地随意变动三者之间的关系,令人眼花缭乱,从而达到"讲述语境"和"事件语境"的双重真实,将作品的真实度推向极致。福克纳的作品是小说写作技巧大全,值得每个拿起笔来写作的人反复学习。

小说写作有可学的部分,有不可学的部分。像语言天赋、感觉器官的敏锐度,是不可学的。但叙述技巧,则是可学的,可以通过不断练习寻找到适合自己的手法并熟练之。许多小说之所以显得陈旧,就是没有在叙述技巧上下功夫,总用同一个语调讲述,叙述距离也是死板的,一成不变,甚至事件发生的时序都很少变化,从前讲到后,不敢稍作变动。这样的文本没有丰富性层次感,讲到最后就讲死了,不过是一个老掉牙从头讲到尾的故事而已。这些作者太重"写什么",而忽略了"如何写",而对于小说写作来说后者远比前者重要。

在我的小说里,我力求叙述花样变化翻新,力求效果丰富多彩。但我仍不够满意,所有缺憾只能在以后的写作中弥补。

题材

一个作家能写什么,其实是一种命定。作家的童年决定了他的文学世界。我无法选择我的出生地,也无法选择童年在哪里度过。在村子里出生并成长,被村子浸渍濡养,最深刻的记忆是来自村子的,那我的文学世界只能是村子。我觉得作家写什么并不

118

重要,太阳之下再无新事,无论生活在何处的人类,遇到的问题大同小异。纽约的猫,北京的猫,还有格陵兰群岛的猫,与我老家村子里的猫无大不同,除了偶尔逮逮老鼠外,都喜欢吃腥。所以我觉得写哪儿的人群和人群中发生的事情,并不重要。

童年是作家的父亲。人的感性和理性相加是一个定值,随着年龄增长,理性能力增强,相应的感性能力衰减。一个人睁开眼睛第一次看世界,记忆深刻,而且建立了此后感受事物的模式,也建立了一个感觉材料库。童年时期建立的这个感觉材料库,正是日后成为作家的必备条件。写作所需要的感觉片段几乎全部来源于童年时期。

我的大部分小说所涉及的那段村子历史,是我最熟悉的,现在写来当然就是一种回望,也就出现了叙述者处于另一个世界"俯瞰"的效果。但这些效果不是写作前设计的,是自然而然的,本来就是这样。

提起马尔克斯的《百年孤独》,我还想多说两句话,因为这本书对中国写作者影响深远,估计拿起笔来写作的人无论读没读过这本书,都对马孔多小镇不陌生。当然,马尔克斯是一个足够优秀的作家,《百年孤独》也是一部足够优秀的小说。但要是写作者趋之若鹜,言必《百年孤独》,我也觉得大可不必。《百年孤独》是一部有瑕疵的长篇小说,太重讲故事,情节堆砌得令人无法忍受,你读好几遍也弄不清谁是奥雷良诺四世或阿卡迪奥六世。一本书讲七代人,讲到老祖母乌苏拉去世时已经让人眼花缭乱到要爆炸要扔掉这书,但作者意犹未尽又讲一百页。马尔克斯声称福克纳是他的老师,福克纳要是看到他学生写的这本书,会气得大冬天里也要抄起猎枪去森林里打老熊,他女儿吉尔出面也未必能拦得住。

福克纳拿着放大镜观察世界,只选取寥寥数种事物和极短的时间段,但能将大千世界事无巨细尽收眼底,而且深入人的心灵。福克纳是四两拨千斤,是所有作家的老师。他最明白省略和留白是小说艺术的精髓。看了《八月之光》,才能知道小说写作的手段有多高超,真是十八般武艺样样俱全、样样精到啊。

写作技巧辞典

我清楚地记得,我是三十岁那年才读到福克纳三十二岁时写的小说《喧哗与躁动》的。我被一锤击蒙。这部小说超出了我的阅读经验,与我对小说的理解大相径庭。我完全不知所云,弄不清为什么这种没有明晰的故事也缺乏情节连续性的小说被奉为经典,而且作者还跑到斯德哥尔摩去领那个全世界著名的大奖。此前我一直偏居一隅,在河南安徽交界的小镇一住十年,对文坛的了解不比对月球多。我以为像我以之安身立命的医学那样写作也必须跟上时代,只有多读文学报刊才能把握脉搏触到心跳。

我对当年那些大大小小所谓的作家差不多悉数读遍,每一篇都耳熟能详。但福克纳的作品却与我读过的那些当红作品没有太多相同之处,几乎完全是两回事。我想,要么是那些名噪一时的作家错了,要么是福克纳错了。但是,我又想,要是福克纳错了,我就不可能读到他的作品了。

所以,阅读福克纳对我来说是一场小说观念的革命,完全改变了我对小说的认知。福克纳的小说是用语言创造了一个立体世界,而当时红极一时的绝大部分小说则是因为所讲的故事契合了社会需求。

无论从哪个方面说,福克纳都足以称得上伟大。他对小说的写法进行不懈的探索,为了表现更深刻的真实不惜尝试各种叙述途径。他对叙述的可能性做了全方位的尝试,每一篇小说都不一样。福克纳教会我如何抵达真实,如何深入心灵,也教会我丰富而灵活的叙述技巧。

我同样喜欢用反讽式语言,但反讽似乎还是和个人有关,是个人看待世界的状态和角度。也许与个人的成长背景最为相关。当你总是遭遇让你愤怒的事情,而在现实中你又舞多着两手无可奈何时,采用反讽的态度和叙述方式就是唯一的选择。

留白

留白才是小说艺术的核心,不懂得省略的作家不是好作家。我的几部小说里的场面都是跳跃式的,很少连续性叙述,但并不会给人中断的感觉。小说所谓的"冰山创作原则",其实就是省略。你要详尽描述冰山的尖端,连一粒冰碴都不放过,都要用语言细细过滤。只要你将这尖端写得足够真实,尽管那巨大的冰体你只字不提,但隐于语言之下,更清晰可见,也更真实。而要是你着手去写整个冰山,面面俱到,你又如何能将细节写透?你会来不及写透的,那样反而离真实远了。

斯坦贝克曾经说过,"大山经过痛苦的折腾,生产出来的仅是一只啮齿动物"。他是说作家构思与写作的艰辛,落到纸上的文字总是与理想大相径庭。常常是费了九牛二虎之力,发现仍在原地踏步,甚至还有可能退了半步。你把石头推上山坡,推向山顶,接着你又看见石头一路狂笑着滚回原处。优秀的写作者大都在重复西西弗斯的故事。你充满希望,你永远绝望。然后你再一次重复这希望与绝望的过程,偶尔一次石头在高处略作停留,只是为了引诱你尽力再推一回而已。

我的小说处女作,写于三十多年前的 1990 年。但说实话,我并没觉出现在的写作比那时的写作高明多少,回头一读,觉得当年写的也不差,甚至更灵动。这也让我生出疑问:我对小说写作技巧的苦苦琢磨究竟有无意义?

你推巨石上山,你不能保证后一次就比前一次推得更快也更高。你推得越高,石头下山跑得就越快,你也会陷入更深的目瞪口呆中。命。

一次最放松最自由的写作

有时候,某一个多少年前的记忆场景会猛然闪现眼前,没有缘由,你的眼睛一亮,接着你的心会一缩。那个场景刺痛了你,但你弄不清究竟是什么让你疼痛。那个男孩才十二岁,他躺在架子车车厢里。他骨瘦如柴,尪羸虚弱。他的眼睛却很亮,就像两点烧旺的火,有点灼人。他盯着我,微微喘息着。他不多说话,只是那样盯着我,满怀期望又充斥着悲伤绝望。扶着架子车车把的是一个比他还要小一号的孩子,那是他弟弟。小一号的弟弟拉着大一号的哥哥来小镇卫生院瞧病。他们穿着粗布衣裳,粗布鞋,也算是衣衫褴褛吧。我是医生,我紧蹙着眉头检查眼睛灼亮的孩子。他只是有机磷农药轻微中毒,不算严重,因为是慢性中毒,不容易被发现而被反复误诊。他用通行的土办法药虱子,拿敌百虫片涂抹衣缝,而不知道敌百虫遇碱性的汗水会变成毒性加大十倍的敌敌畏……事情已经过去三十年,可那双灼亮的眼睛就像暗夜里的星星，总那么一明一明。终于有一天，我想动笔写写这两点火一般的眼睛，写写这个男孩和他的小弟弟。

语言照亮记忆，往事如繁星点点，争先恐后向我闪烁。恒河沙数的琐细事物包围着我，这个生病的孩子仅是个引路者，领我进入我清贫而无比丰盛的童年，让我清晰地看见曾经忽略的一切。我本想刨出一兜红薯，不经意间却切掉了一角田地，土壤的内部渐次显露，根系（块根、根茎、纵横交错的须根），各种植物的种子，蚯蚓，虫卵，混沌在土粒里的腐殖质……那条顺手可以拎起的故事线索像一条瘦根被土壤埋葬，可有可无，语言在自由构建另一个鲜活的全新世界。

而最重要的则是一个叙述声音被析出，它面对着庞杂的昔日世界兴致勃勃地讲述，汪洋恣肆。正因为这个与事件保持一定距离的叙述声音的存在，讲述空前自由，拥有了无限变化的权利，各种叙事技巧得以随心所欲使用。

这是我写得最放松最自由的一次，我把这篇小说视作我写作史上的一座里程碑。

本文系《看看我的脸》创作谈

流亡、艺术及其他

　　当时我正在流亡北京——流亡这个词之于我,似乎有点过大过胖,因为它通常用于那些业已取得令世人瞩目成就的人——名人。他们穿着这个词的衣裳非常合体。我这副肉身不一定配得上它,但不能说明我的艺术配不上它。我觉得我的艺术佩戴这个世界最美丽灿烂的花冠。

　　每个艺术家对自己的艺术都要拥有这种自信,哪怕他的艺术被世人认为是丑陋的、一文不值的,像一个人老珠黄的妓婆,他也要把她视作娇美的天仙——否则他就会完蛋。因为美的标准在不断变化,在北京的女郎们纷纷减肥时,南太平洋某岛上的妇女们却在想方设法堆积皮肤下的脂肪。仅仅几十年前,国人们还信奉"男不露脐,女不露皮"的美学遗训,现在可好,女人不但在寒冷的天气里露着肚脐,以招徕艳羡的眼光,而且有时身上不露的部位拼在一起统共也比一张人民币大不了多少。不管世人怎么界定美,但有一点:无论是在达官显贵们丰盛的宴席上,还是在乞丐凄凉的破碗里,狗屎永远变不成珍馐佳馔。同理,无论前卫的艺术理论家们怎样把一只撒尿的便池捧上天去,那只便池也不可能流芳百世。人们记不住便池,可能把一堆人捧一只便池在蓝天下招摇这件事记一段时间,但稀罕一旦变得不稀罕,也很快就被忘掉了。艺术是酒神的孩子,她必须让人愉悦,哪怕是沉重的表现悲剧的艺术也要具备这种秉性。而便池引来的却是不快的联想,这本身与艺术的精神是背道而驰的。

多角度叙事

　　我的新居在北京东北郊的一个居民小区内。从第一次走进小区，到我在这儿安营扎寨，生活好几天之后，我一直迷失方向。太阳每天从南面出来，在北面落下——这种感觉很别扭。尽管我反复叮嘱自己：那儿是东而不是南，那儿是西而不是北，但还是白搭。太阳还是一大清早就从南面斯斯文文走出来，转悠一天后照样又去了北面，而不是西面——我感觉中的西。

　　在一个下午我走了出去。天很晴朗，太阳亮晃晃的。手表的时针已经挨近"5"，我知道阳光应该是从西方照过来的，照得我有点睁不开眼睛。这儿离首都机场不远，能不断看见盘旋起降的飞机，看得人眼睛发花，都有点看不清周围的景物了。

　　周围的风景很不错，碧绿的麦田的远方是碧绿的绿树，碧绿的树丛里掩映着白的红的楼群——那是我居住的小区和别的居住小区。设计得别致的漂亮楼顶上遮覆着一层阳光——这时，我迷过来了,我恍然悟出楼顶被镀亮的一侧是西向!接着我就弄清了哪儿是南,哪儿是北,而且能指出北京城的方向、我故乡的方向……在我从远处对小区的观照中,真实显现了出来,那层迷蒙的遮覆物像阳光下的云雾一般消散了。

假如我不从小区里走出来,不去从另一个角度观照小区,那我就会永远生活在一个迷向的混沌世界里,需要甄别方位时得借助理性的帮忙,而且这种被理性搀扶着走路的感觉非常不舒服。

我明白为什么整个 20 世纪优秀的小说家们不约而同纷纷采用多角度叙事这一手法了——多角度观照,会使对象更真实地呈现出来。

我读《安娜·卡列尼娜》

　　有人认为列夫·托尔斯泰在他那个时代写得确实好,但时过境迁,文学的车轮滚滚向前,像《安娜·卡列尼娜》这种表现手法古老的作品已经滞后,不值得处于我们这个时代的写作者们去细细研读了。但我的看法正好相反,文学从来没有前进之说,更无时期的区分,只有好与不好的判别。《安娜·卡列尼娜》是人类文学史上的丰碑,是文学皇冠上一颗最璀璨的明珠,无论在哪个时代,她都闪耀最夺目的光辉。这是文学星空里最亮的那颗星。写作《安娜·卡列尼娜》时的列夫·托尔斯泰正值创作鼎盛时期,在写作的各个方面都同时达到巅峰,叙述技巧高超到让人看不出丝毫技巧的程度,语言的自然流畅,对真实的切入深度,还有体量与凝重……齐头并进,臻于完美。和早期作品《童年少年与青年》的单纯明净不同,和略早的给他带来巨大声誉的《战争与和平》的丰富芜杂也不同,更和晚期的夹带有宗教与哲理说服意味的《复活》

不同,《安娜·卡列尼娜》是这样天然、亲切、真实,张弛有度,让我们看见语言创造幻景的艺术所能达到的高度。之所以如此空前绝后正是因为其中的主要人物是列文,而列文是列夫·托尔斯泰的自身写照。也就是说,这其实是列夫·托尔斯泰的自传,只是换了个名字宽阔了背景而已。

第二次世界大战时期,图拉省被命名为苏联的英雄省,战斗最为残酷激烈,而位于图拉省的雅斯波良纳——列夫·托尔斯泰的庄园,他写作《安娜·卡列尼娜》的地方,却完好无损,免于战火。作为战争敌对方的德国派了一个营的兵力来守卫这座庄园,不允许任何人动这里的一草一木。列夫·托尔斯泰是让敌人也敬畏的作家,他属于全人类,而不只是俄罗斯。

《安娜·卡列尼娜》是一部伟大的作品,是写作者们的圣经,值得每一个拿起笔来写作的人去反复研读。

我与《大益文学》

一本刊物如果能善待每一个作者,无论稿件取用与否都给作者一个回音,那这本刊物一定是一本好刊物。要是这刊物能做到不论远近亲疏,唯贤是举,在当下人情社会的中国,殊为难得。而这刊物要是不流于俗,掌门人和看稿人都是文学行家,能区分并选取真正具备文学品质的好作品,并将写出好作品的作家们召集到一起形成一股力量,这不仅罕见,而且是视写作为生命的人们的福音!

《大益文学》是一本民刊,它已诞生六年,它做到了上述的一切。从它诞生到如今,我是一个参与者,更是一位受益者。我是《大益文学》的签约作家,六年来有好几篇小说发表在上面,并且参与了多次《大益文学》的重要活动。

我的第一部长篇小说《夜长梦多》,几经周折,漂泊流离,最后辗转来到陈鹏手上。他那时是另一本文学刊物《大家》的主编,于是我的这篇小说一字未删分两期发表在《大家》上。发完我的小说，陈鹏甩袖而去，带着他的团队创办了《大益文学》。我的另一篇小说《溺水者》，是十七年前所写，一直压在箱底，未奢望能见天日。陈鹏向我约稿，让我想起曾经写过这个小说。《溺水者》受到编辑马可的赞扬，最终纳入"大益文丛"成书面世。《溺水者》是"大益文丛"中的第一本，也是目前唯一的一本。按照陈鹏的宏伟设计，"大益文丛"今后会有许多本鱼贯而出。

我的中篇小说《七月半》抛弃了故事，注重创建一个纸上真实世界。我不指望这样的小说能被人认可，在一个命名混乱的时代，要区分鹿与马并不容易。《大益文学》的编辑寇挥鼓掌响亮，另一位编辑阮王春竟然细读了数遍。寇挥和阮王春也和马可和主编陈鹏一样，不但是优秀编辑还是优秀的小说家。一个小说家的小说能流落到这样一群人面前实属幸运。他们离文学很近，他们离赵高和秦二世很远。

六岁，足矣！只要能照亮天空，一日长于百年。

第三辑　觅火者

梦境

那儿的树叶厚实而碧绿,绿得炫目,绿得夸张,绿得让人有点不敢直看,总以为那种绿色不是真实的,是工业化的产物。但你盯着树叶直看一会儿之后,用手抚摸之后,你不得不承认,那叶片是真的,是大自然的造化,和机器无缘,甚至可以说和人类无缘。它们承接了丰沛而沉重的阳光和雨水,它们没有理由不这么实实在在的碧绿,没有理由像北方的叶片那样淡薄。当北方处于寒冬手不出袖时,这儿阳光盛大,可以随心所欲赤身裸体跳进水里畅游。

这儿曾经盛产一种叫莞草的植物,可以用来编席织包,用来点缀丰富多彩的农耕生活。当强劲的海风汹涌而至时,遍野的莞草会遥相呼应,它们在风里摇摆舞蹈,发出喘息与欢笑——当然,这是早年的风景,现在已经看不见莞草的身影,它们已经随着沙滩上后退的波浪销声匿迹。

我忘了说了,这儿面临大海,真正的南方的海,咆哮着欢腾的海浪,运行着温暖的海风。这儿不但应该有莞草,还应该有稻米,还应该有蔗林……

可惜我来迟了一步,我来的时候,莞草已经消遁,蔗林已经消遁,楼群逼走了金黄的稻田,工厂的流水线吓退了海浪。我无缘与莞草、蔗林、稻米相会,甚至没有一听海浪呢喃一嗅海风微腥的幸运。

这儿是偷渡者的故乡。从波浪里丈量距离,这儿离香港最近。怀揣着一腔财富梦想,怀揣着对美好生活的无限憧憬,一批又一批人背井离乡,义无反顾投入大海的怀抱,在黢黑的深夜里陪伴着死亡泅向彼岸。彼岸总是美好的,因为彼岸是梦的港湾,是梦想的停靠地。

此地的人向往彼岸,外乡的人向往此地。彼岸是此地人的梦境,此地是外乡人的梦境。在梦想的搅扰下,人类就这样循环往复,生生不息地在大地上不畏劳苦奔走。

偷渡像莞草一样,是早年间的往事。三十年海南三十年海北,现在,那些偷渡者已经梦想着重返故乡。因为这儿已经没有莞草,因为这儿已经高楼林立,因为这儿像曾经梦中的彼岸一样机器轰鸣,每一台轰鸣的机器都在吐噜吐噜地朝外倾泻着花花绿绿的钞票。走在这儿的街道上,你会觉得钞票像灼热的夺目阳光一样漫空飞舞,堵得人都有点儿喘不过气来。

但我说不准是一望无际的莞草好,还是满街流淌的钞票好。树上长的树叶和机器制作的树叶究竟哪个更好些呢?

这个莞草的故乡,这个树叶浓绿的地方,有着和盛世唐朝的都城一样响亮的名字:长安。

2006年岁末,我来到没有了海的海滨名镇长安,认识了一群长安的朋友。我们一起吃饭,一起说笑,一起乘车掠过唐朝贵妃喜欢的荔枝树,轧越看不见的北回归线。离那条线不远的地方,群山环抱着一泓泓冒着白气的温泉。那个夜晚,朋友们赤身裸体从月光里走进温泉,又从温泉里走进月光。我们翘起的脚丫子拍打着烫热的泉水口无遮拦胡说八道。泉水的热度浸软世俗的硬壳,我们叙说各自的际遇,谈论只有不谙世事的年轻人才热衷的虚无缥缈的话题。接着我们又水珠四溅地走向酒肆,在零点辞旧迎新的钟声里觥筹交错,喝得泪流满面,喝得烂醉如泥……

我们在沉醉中迎来2007年仄仄歪歪的元旦。那是一个值得纪念的不平衡的节日。

2007年的元旦是大海里一只颠簸的小船,它在岁月的波浪里上上下下,它像小狗一样咬着自己的尾巴转圈。

朋友们来自五湖四海:湖南、湖北、江西、四川,还有这会儿正冰天雪地的大东北,当然还有本地人……他们是一群寻梦者。他们用心灵中最柔软的部分感受着世间的坚硬:坚硬的机器、坚硬的人情世故。他们又把这坚硬的一切化作最柔软的语言倾吐出来。

他们是南国的杜鹃鸟，他们的嘹亮歌声在这片昔日布满莞草的土地上荡漾。他们把欢乐送给世界，痛苦独留心中。

也许就是因了这最初的温泉酒醉，接下来我与长安开始了频繁往来。

真正让长安人引以为傲的不应该是那些森然而立的砖石建筑，也不应该是那些轰鸣暴躁的机器，而应该是莲花山。这是一座不算太高的静默山峦，山上长满静默的树。莲花山无语地俯瞰着沧海桑田的长安镇，站在山顶的树木，一定能望见且歌且退的不远处的大海。

就是在莲花山，浓绿的树叶一下子扯紧了我的视线。

但我没有机会走近那些茂密的树木。我数度住进莲花山庄——一家豪奢的五星级酒店，蛮横地把莲花山最秀美的幽谷据为己有——只能隔窗眺望长满树叶的漫山群树。酒店是一座美丽的监狱，与那些自由的树木之间有隔离物，我不能随便出入。

但我多想一个人爬爬莲花山，走走停停，抚摸那些奇异的树叶，抱一抱那些树啊。我想在一个有月光的夜晚，站在莲花山顶遥望迷茫的大海；我想在静夜里倾听群树的耳语。

迷茫的海水和耳语的树木能让我泪水涨潮。

为了这个微不足道的小小心愿,也许我会再来莲花山。不声不响悄悄地来,一个人。

　　因为莲花山,因为莲花山下的朋友们,因为朋友们中间长发浩荡睛若点漆的美好女子……

　　因为这一切美好的事物,海滨城镇长安让我在时光的风尘中回首张望,让我在这个北方的寒冷初冬,一次次想起并在纸上写下这个温暖的名字。

　　那儿只有层层叠叠的碧绿树叶,没有冬天。

　　那儿是我的一个短暂梦境。

雷雨番禺

我们到达番禺的时候是傍晚,适逢天降大雨。那是只有番禺才有的大雨,不但雷声出奇的大,雨点更大。那雷当空炸响,像是谁在你头顶搁了只"二踢脚"点燃,让你的耳朵充满持久的轰鸣。闪电有蓝色的胳臂,咔咔嚓嚓曲折从高空伸向大地,像是要攫走什么,其实什么也攫不住,徒然让世界变得一片雪白,瞬间成为石灰的群雕。接着就是那大雨了,气势磅礴,雨点有拳头大小,挤挤挨挨当空挥舞,要是一个人没有遮挡站在雨中,相信会被这豪雨打得浑身血紫蓝青,头上硕包列阵。所幸我们没有被大雨打中,轰轰隆隆下雨的时候,我们正在吃晚饭,而吃罢晚饭要乘车回住处时,又有饭馆的服务生为我们撑起大伞。从饭馆门口走向车门的时候,我没敢抬头看伞,我担心伞顶会被雨点砸得窟窟窿窿。我的担心是杞人忧天,伞顶完好无损,因此我没有成为落汤鸡,浑身并没有淋透。但爬上车在座位上坐稳后,车顶上乱撸的喧响还是让我心有余悸,总觉得薄薄的铁皮车顶扛不住密集雨拳的打击,说不定在某一刻就会变成马蜂窝。还好,下车的时候,我偷眼一看车顶依然光滑平整,没有凹凸不平,当然也就没有雨点穿透的孔洞。

有天公这样大雷大雨的垂顾,番禺的一切茁壮而长蓬勃而生也都在情理之中。番禺的树木叶片厚韧硕亮,闪射革质的光芒;番禺花草繁茂,种类众多,光是树花就数不胜数,我们只认得夹竹桃、合欢等常见的品种,而对于鸡蛋花什么的就新奇陌生。鸡蛋花美丽光艳,算得上花中翘楚,为什么这么漂亮的花朵却拥有一个这么平凡的芳名?我们百思不得其解。

番禺的建筑群拔地而起,更是让我们惊诧,眼花缭乱。广州大学城,广州新城,清华科技园,广州火车站新址……听听这些名字你就可以想象那些宏伟的现代建筑,设计别致新颖,错落有致,处处充满现代艺术精神,是传统与前卫的最佳组合体。乘车穿行在这些建筑中,你有置身于历史文化长廊的感觉,一会儿东方,一会儿西方,一会儿古代,一会儿又是颇现代的……在这些初具规模的建筑中,2010年亚运会场馆更是鹤立鸡群——新闻楼宽阔明亮,展翅欲飞;运动员村高大壮硕,比肩而立,让人流连忘返……在规划沙盘前,我们看到了亚运会场馆的概貌,也看到了围绕场馆的广州新城雏形。地铁三号线像大树的长根悄悄向番禺伸展,所到之处楼群萌生,风光无限。亚运会场馆是楼群森林里的亮点,像一枚闪闪发光的明珠缀结在这条地铁线上。

现代化的建筑群落是崭新的时装,让番禺新鲜亮丽,光彩照人;而真正能展示番禺风韵的却不是这些高楼大厦,而是一处精致又雄奇的园林。宝墨园应是园林中的精品,有南方园林的秀气精美,同时又有皇家园林的气派。置身于宝墨园,我的神思有些恍惚,一会儿觉得是在处处匠心的扬州的个园,一会儿又觉得是在北京的颐和园。宝墨园水流纵横,锦鲤成群;宝墨园浓荫匝地,林木葱茏;宝墨园有巨幅壁雕清明上河图,让人叹为观止;更让人惊异的是一家名叫"赵荣来博物馆"的私家博物馆,竟有那么多稀世藏品,光是历代羊脂玉质的精雕佛像就有数十尊,摆满几排展柜,不谈文物价值,光是羊脂玉就价值连城……当你兴致勃勃走出些许疲倦时,园子的湖面上还有亭榭供你小憩。你坐在红木的椅子里,透过轩窗观看水波潋滟,徐来的清风撩动茶杯上飘荡的缕缕白气,耳边丝竹之声骤然裂帛般响起。你惬意地品香茗,感觉自己不是在番禺的宝墨园,而是在曹雪芹的红楼大观园里。

莲花山完全可以和宝墨园平起平坐。莲花山不高,但有奇石林立的古代采石场遗址,在西汉时期,这儿已经热火朝天,成为南越王宫殿建筑材料的采集地。莲花山香火鼎盛,有着世界上最高的镏金观音铜像,肃穆矗立,日夜俯瞰着珠江口……

只有走进大岭村,你才能领会薪火相传的文化的深远意蕴。这处不大的村子走出过一大群状元、进士,全国闻名。大岭村有保存完好的祖宗祠堂,迈进祠堂的门槛,一种庄严感油然而生,很快你就会被一种古老的气氛融化。你在祠堂里静静待上一个小时,就能找到村子能走出一群赫赫有名学子的确切答案了。

…… ……

我们在番禺羁留的时间太短,数天时间只能走马观花,难以深入内里。听说番禺有一种叫"飘色"的民间艺术,独具一格,源自中原习俗但已与中原风物判然有别,节日喜庆,番禺的街道上总是招展着飘色艺术。可惜此行无缘一睹风采,只能从画册中想象飘色的瑰丽面貌。

番禺的精华都深藏于日常生活里,真要了解番禺,需要在这儿生活一段时间。所有以蠡测海的评头论足,都与真实的番禺相距甚远。从这一点上说,我们都没有发言的资格。

但目睹万千光鲜景物,话语会在肚子里起哄,于是忍不住还是要说上几句,即使驴唇不对马嘴,但感慨发出,算是一吐为快吧。日后或许能在番禺住上数月,看上几次飘色表演,就能真正细说番禺了。

青山绿水硝烟飞

猫耳山被称为"华南第一高峰",坐着汽车盘旋而上,从山脚到山顶,渐升渐高,一年四季的景色也从车窗外次第疾驰掠过。你在山脚下细汗涔涔,到了山顶已经冷风料峭。不惟猫耳山,兴安的处处山水都美妙绝伦,怨不得当年袁枚从桂林溯漓江而上兴安时忍不住诗泉涌流:"分明看见青山顶,船在青山顶上行。"

猫耳山著名的景物甚多,除了华南第一高峰的美称外,高峰上可圈可点的物事纷繁,有一种名叫铁杉的树木,挺拔刚劲,树冠如盖,据说好几百年才能长到碗口粗细,而且只在此山生长,到了其他地方总是水土不服,半死不活后就真的叶萎干枯,一死了之。但长在猫耳山上,尤其是成群矗立的时候,看上去确是极美,森然一片,而且枝茂叶盛到一团黑暗不透日光的程度,不知到了夜里再来此山,看这成群的树木该是如何模样,想必鬼影幢幢,吓煞人也。而最吓人的却不是这些树木,而是各种树木堆积的落叶,在幽深的山谷中,有一处被称为漓江源头的地方,落叶有数十丈之厚,千百万年来层层累积谷中,蕴足水分,哪怕是数年不雨,它照样溪流纵横,这是漓江总是波光粼粼的根因。走在暗藏厚水的堆积落叶之上,有点胆战心惊,唯恐一不小心掉进深渊再无踪影。还好,人们在上头搭建了木板行道,尽管踩上去吱呀作响,心总在提着,但能低头看见落叶层里清水如墨,还是觉得不虚此行,总想找找锦鳞游泳,一饱眼福,但也隐隐疑虑会不会有一头险恶水怪轰隆蹿出,拽你入水沉而为伍。

在累积落叶的漓江源头的对面,是二战时期美国飞虎队机组殉难的地方(半个多世纪后失事飞机残骸才被上山采药的当地农民偶然发现),如今已经塑起青铜雕像,一群小伙子栩栩如生。这些来自异国的勇士,为了战争的胜利而长眠此地,天天盯视着这片原始森林,枕着世界上最美江水的源头。只是在这人迹罕至的山巅,让一群喜欢热闹的小伙子圆无声息地站在阴森森的树木之中白天黑夜守望,想来略有残忍意味。

兴安最美的是山水,但似乎并不以山水出名。兴安最有名气的当数战争。先说说灵渠,秦始皇统一六国后派兵五十万南下,要征服葱岭以南的百越之国,要当万王之王,但他的军队遇见了最头疼的问题:南国百姓听说大兵来临纷纷躲进深山,无人耕种良田,即使农耕照常,想必当地人也不会给占领军提供给养的。兵马未动,粮草先行。现兵马已动,但粮草无法跟上,兵士们肚子饿得滚车轱辘,打仗成为奢谈。于是始皇帝彻夜难眠,派手下大将史禄镇守兴安,同时要开辟沟通湘江和漓江的运河,以保障军队给养。人定胜天是始皇帝一贯的作风,在他看来没有人办不到的事情,人有多大胆地有多高产,只要你想到就不可能做不到,就看你做不做。某某人不是提意见说把北国垒一圈墙壁圈起来防匈奴不可行吗,你看我不是照样让想象逐渐变为现实了吗?某某不是还说让一群人戍守边关路遇大雨道阻难行就想违令吗,但违令者斩是不二的王法,管他们举起根树杆子拉起一群游兵散勇就想篡位夺权呢,异想天开(但凡皇帝皆为真龙天子,能知身前身后事)! 现在不就是让两条江连通起来吗,就那么难吗? 违令者斩! 看你做到做不到。史禄是位好官员,马上满口应称,回到兴安立即召集人马,研究开凿两江运河的事宜。但此事非小,北流的湘江比南流的漓江地势低出许多,人往高处走水往低处流,你就是让安排此地地势高低的老天爷来整,他也不一定不搓手发愁。军令如山,不听话者只有死路一条,不会有第二个下场! 史禄神色一定极严峻,始皇帝想出来的事情岂容你怀疑。于是史禄又选出倒霉的监工,让他们物色工程技术人员,不要再讲长论短,要摸着石头过河,立即开工! 两位奉命的监工没有他法,只能剪彩破土,吆喝着一大帮人反复折腾湘江源头,堵了又疏疏了又堵,日夜奋战在工地上。他们想尽一切办法,集中所有人的智慧,但仍是事与愿违。始皇帝当然等不及,而且传令再拖延工期就军法处置。眼看完不成任务,两位监工无奈选择了一了百了之路。他们一起投湘江而殁。接任者很快即位,重担在肩,来不及多考虑,因为他明白自己前任的结局就是自己的结局,于是殚精竭虑,博采众长,也算是急中生智吧,终于想出了一个好方法——用一道蓄水大坝拦住湘江,提高水位,然后开拓一条运河直抵漓江,不信江水不听话。再挖出另一条运河绕过大坝通往湘江下游,中间设置数道陡门控制水位以供船只往来。他们用红松插底,巨石垒墙,建起拦水大坝。青山翻腾云水怒,两江震荡风雷激。开挖运河的工程如火如荼,经过数年艰难岁月,终于如愿以偿,人类历史上第一条运河,第一座巧夺天工的水利工程宣告成功。(那些调节水位的陡门被称为世界船闸之父。)这一天距今已经两千多年,风风雨雨两千年,这座位于兴安的工程老而弥坚,不但供人瞻仰,至今还清流淙淙,垂暮之年不忘聊发缕缕余热。

刚才说到的猫耳山,除了来自美国的飞虎队英雄长眠在此,还有更惊天动地的事情发生:中国工农红军曾经从湖南突围,开始长征,途经此地时发生了惨烈战事——湘江战役,此役死伤惨重,数万年轻战士数天内悉数牺牲,他们的血可以染赤整条湘江,他们的身体可以将漓江源头那些落叶堆积了数万数亿年的山谷填满。湘江战役大获全胜,红军越过猫耳山,通过使许多人英气勃发的一处叫老山界的险道,然后军队很快绝处逢生,星星之火

149

渐成燎原之势。为纪念此次战役之伟大,兴安县城西南的狮子山建有纪念馆一座,馆里有一群让人怦然心动的石头雕塑:一个纯朴的孩子,一个泪流满面的女子,数位奋勇前行的年轻人,还有一个老人眉头紧锁……这是那个时代的缩影,国难当头匹夫有责,全体中华民族都在黑暗中上下求索寻找出路。纪念馆足够雄伟壮观,足够气势恢宏,唯一让人遗憾的是找遍角角落落却没见一份哪怕是不太完整的死难将士名单,只知道他们大都来自福建,其中团以上军官就有二百多人,与隔山相望虎视眈眈的那十数个美国小伙子相比,同处一地同赴黄泉,待遇却有霄壤之别,蹙眉一想不禁黯然神伤(人家有名有姓有生卒年龄,而且还有不会朽腐的青铜身体)。斯人远去,一切都令人沉思。

兴安群山环抱,众水滋润,是一片真正像极桃花源的安详土地。兴安土地肥沃,出产丰饶,黄澄澄的柚子、紫溜溜的葡萄……处处皆是。人间最美的地方偏偏与人间最残酷的事情——战争机缘巧合地关联一体,让人扼腕兴叹世界不过是天公游戏之一场。

兴安地处桂林东北隅,名气当然不比甲天下的桂林,但山水景色似乎略胜桂林一筹,无奈眼下的人们只闻其香并不问墙内的花朵哪朵芬芳,北京的飞机趾高气扬直去桂林从来不愿在兴安下驾——从北京呼啸而起,在白云之上朝西南方向翱翔两个多小时,脚一挨地睁眼看见的就是桂林了;然后再坐汽车掉头回返,窗

外的青峰密了又疏疏了又密,一个小时后,你已经站在兴安这片
血染的美丽土地之上了。

静穆黄姚

　　那应是一群男人,站在淡蓝的雾霭之后,站在旷野之上,站在天际之中。他们一动不动,身上蕴蓄着力量,似乎有愤懑涌动。不,他们是一群女人,谦卑地凝立远望,顶着头巾,有的好像还抱着孩子。看不清她们的目光,那目光一定深怀希望又充满绝望。他们就这样静穆地站着,一群又一群。他们不是男人也不是女人,他们是一群山。千年不变的静静的山。

　　这是一群奇特的山,山脚与山腰与山顶差不多一样粗,就像一截被砍斫的树干,就像一个直立的人。只有走近你才能看见漫山覆盖的茂盛树木。上天造就万物一定有所用意,那这些喀斯特地貌上耸立的青山在向人类昭示什么?

　　黄姚就藏在这样的一群又一群笋山之后,被一群又一群笋山围簇。静穆的群山吸去了声音,过滤了所有杂质。黄姚一派清静,静得大白天能听到一根针落地的声响。汽车奔跑在高速公路

152

上,发动机一下子似乎不再吭声,无声地飞驰。山是无声的,树是无声的,车是无声的。道路无穷无尽地向前铺展,拐弯,起伏无定。许多时候觉得前方无路了,一座山峰笔直地挡在那儿,车就要停下来了,但车到山前必有路,一条路马上再度伸远,卷轴般的汽车又在迅速收拢布匹。从桂林机场一路奔驰两个多小时(从贺州高铁站也要将近一个小时),终于那座小镇矗立在眼前,一幢幢不高的房屋鳞次栉比,灰墙灰瓦簇拥在一街两旁。

黄姚的春天多雨,笋山总是缠绕着灰白的云,那是蕴蓄雨水的云彩,它们不时洒下密集的雨滴,像是上天遍撒寂静的种子。那些种子在伞顶爆荚,发出噼里啪啦的声响,又在地上的水洼里萌芽。你只看见遍地的寂静萌芽,密密麻麻的大圈套着小圈,一圈一圈全是寂静的涟漪。寂静愈发深远,就像无边无际的庄稼,就像森林。我们去一处紧靠姚江的酒楼吃晚餐,去的时候江水平阔,瀑流跳过横坝,泛起幽光但岑寂无声。它们习惯了岑寂,它们只是悄悄地一明一明。但当我们餐后前脚步出酒楼,后脚大地就骤然震动起来——不是地震,是一种庞大的轰鸣,就像一群人大笑或者大哭。我们都吓了一跳,怯怯地走近声响的发源地——那条横坝,才看见江流已经汹涌,青山汇集的雨水冲决而下。那些江水是扑棱长大的寂静,它们轰鸣着开出白花。它们站立着开花,白花簇簇。但姚江绽放花朵的声音似乎与声音无关,而是轰鸣着的寂静,那或笑或哭的群响让寂静苗壮,长出根须,扎进人心。

黄姚的雨夜更是寂静,那寂静是一种负压,能吸凸鼓膜。黄姚的寂静要吸出耳朵里充塞的所有都市的喧嚣,要吸噬化解掉所有外界的声音,要让这小镇的黑夜纯粹而阔大,这样黑夜的土壤才适宜美梦生发。我们住进临街的民宿,街上没有行人,当然也没有汽车驰过。我们在黑夜里鼾眠,最该做梦的时候却一夜无梦。

毁灭一切的时间的大手对黄姚似乎束手无策,或者黄姚躲开了时间之手。那棵大榕树已经有好几百岁或者上千岁的年纪,但仍然葱茏茂盛,枝叶勃发,没有丝毫萎蔫之象。姚江的水曲曲弯弯,清流淙淙。带龙桥发出墨色,那是覆满的青苔生了死去,死了又生,一层一层叠摞渍染而成。有一处岸坡拱出一块黑色的石头,像极了张开的蛇嘴,命名为"神蛇出洞"。据说夏天里无论姚江如何洪水咆哮,上涨的水流永远不会淹没这处嶙峋的蛇头。那神蛇保持着永恒不变的姿势守卫着姚江,也守卫着这座小镇。黄姚的平安富庶应该也有这神蛇的功劳。还有那些上了年岁的房屋大院,瓦棱上生着茂草,门匾上字迹漫漶。郭家大院的主人是从山西搬来的,是郭子仪的后代。司马宅第只有门额和门前竖立旗杆的座石,说不清建于哪朝哪代。还有面水的各家的宗祠,焕然一新,仍然门楣醒目香火烁亮。狭窄的街巷铺着青石板,青石中沁出白筋,像是寂静生出的白色根须。寂静就是一种植物,它的枝叶青黛或暗黑,它的根须和花朵一片雪白。

我们的脚板品味着古老而崭新的青石的滑润,我们徜徉在窄街上。黄姚人是静穆的,不多言语。他们慎于发出声音。无论你是哪里人,只要走进黄姚,不自觉地会变得安静。静穆有着很强的传染性。静穆肆意繁衍。突然一队缞衣麻服的人迎面而来,他们一身缟素,白衣白衫,头戴孝帽,腰扎麻绳。打头的四个壮年男人抬着一只黑色方盒,里头盛着供品和楮帛。两两一排的白衣人紧跟其后,步履匆匆。没有哭泣,没人言语,他们在静默中行进。白衣人鱼贯而出,绵绵不绝,人数能赶上军队里一个建制营。他们表情严肃,不像是出殡,而像是去打仗,要迎接一场盛大的族间械斗。生是静穆的,死是静穆的,黄姚的生生死死全是这样静穆幽深。

黄姚是一池澄碧的春水,她要永远澄碧如初,静穆如初。树木葱茏,群山稠密,山高水远,黄姚像一件稀世珠宝深藏不露。通向仙境的路途总会九曲百折千里迢递,尽管黄姚已经成为5A级风景区,要想人头攒动也不那么容易。这是黄姚之幸,也是上天之意。黄姚静穆在时光深处,听凭时光奔流,自岿然不动。

风水黄姚

那棵榕树有一间房子那么粗,在半空铺散开来,枝叶丰茂,有点要遮天蔽日的势头。它的叶片一堆一堆,如乌云翻滚。它合围粗细的气根直直伸垂下来,有点耀武扬威。它一株龙爪榕,寿龄已经高达五百岁。它应该得意洋洋,它的同族们不是变成灰烬就是流落天涯,只有它还这样毫发无损待在原地,待在水边,栉风沐雨,潇洒万端。它浑身披着翠绿的苔藓,苔藓上头还滋生着蕨草。它的某一个部位甚至还长出了别种藤类,它让它随意缠绕,展示容天下难容之事的气度与胸怀。寄生藤对它没有丁点损害,只能徒增它根本就不在乎也不可能放在眼里的一片凉荫而已。它成了一处风景,还可以再活五百岁或更长。它的好命都是因为它站对了地方。

这个小镇的一切都极古老,都上了年岁,都有点志得意满。那些青砖灰瓦的房屋自不必说,虽然屡经修葺,但千百年之前的形制并无大变,就和房屋之间的街道一样。那街道并不宽绰,有点逼仄,两人并排边说边走尚可,三人行必有一人缀后。两旁的门脸花里胡哨,一下子跳出久远年代的束缚,显出诸多簇新的现代迹象。只有脚下的石板路冥顽不化,保持着千年之前的幼稚神态。青石板想吃掉层层叠叠的脚印梦回当初,但它吃掉脚印的行为再次留下印痕。石面光光溜溜,凹痕如砚台上的墨池。青石内部的纹理展现,如白菊绽放。纤尘不染的青石板街道并不奇怪,奇的是这街道只有丁字路口,与任何他街交叉绝无十字之态。确有无数小巷或胡同曲里拐弯伸向两侧,那小巷宽可容身,你要是走进去,东拐西拐,最后总能让你找不到北。你会在那些巷道里迷路,再也回不到来时的位置。那分明就是迷宫,迷惑人的所在,让每一个外来的侵入者走投无路。即使你借助现代化的工具,打开手机上的高德地图,听着普通话的女声一会儿这样说一会儿那样说,最终仍会请君入瓮,成功将你引入歧途。

但现在已不是从前,外来人不再是入侵之敌而是招财进宝的旅游者,所以最终你仍能走出迷宫,在那些摆满当地特产的店铺间驻留。店铺一律门脸不大却进深广阔,排列各色缸盆盘盏,腌渍咸菜的气息如海风般扑面而至,像猛然爆响的欢迎巴掌。最负盛名的应是黄姚豆豉,据说采用只有本地才有的圆硕黑豆,再用只有本地才有的井水冲淘,然后蒸煮晾制,盖上树叶长出毛醭,再然后就交给亚热带的阳光曝晒。晒干之后的黑豆已不是黑豆,添加各种香料浸泡,高呼"万岁万万岁"地成为黑黑黄黄的美味琐屑。还有黄精,是一种中药,放进酒中久浴,浴上一年半载,最后也能演变成一种叫黄精酒的液体,可以强身健体。当然,五花八门的腌渍之品不止如此,似乎这儿见物都可以腌渍一番,萝卜、辣椒、青梅……应有尽有,一律味道特别,满足舌头和胃口的种种奇怪需求。

但我坚持认为本地人长寿的原因不是因为这些腌菜和药酒,而是风水。这儿是长寿之乡,百岁以上老人随处可见,在厅堂门口或坐或动,鲐背龙钟而生机暗藏。这儿的风是清洁的风,只会有雾不会有霾。这儿的水也是清洁的水,不仅腌制美味的豆豉还能泡出香气四溢的高山茗茶。这个叫黄姚的小镇始建于明末,东南避乱而来的有钱又有本事的贵人们一眼相中此地。小镇被九座山峰围簇——那是喀斯特地貌特有的山,笔直插入半空,都不太高,但青峰耸立,像是卫护的巨人。而姚江不辞劳苦,在山峰间缠绕迂曲,滋润着良田沃畴。润泽小镇的姚江之外还有小珠江和兴宁河,不大的区域内三河交汇,使青峰间总是水汽氤氲,白雾缭绕。据说进入小镇的姚江呈 S 形弯曲,像八卦中的阴阳鱼,可见古人对此地是如何煞费心机地堪舆。小镇中的门楼戏台、街巷屋宇、寺庙宗祠,各有说辞,不是随意建设,皆为加强风水胜境。风水绝佳之地当然可以躲避暴风骤雨,千年以来自然和人间的遽变竟鲜有涉及此镇者。没有地震、洪水，少有瘟疫光顾。兵燹之灾也不会延烧至此，因为实在太偏远。这儿离最近的大城市桂林还有近三百公里（说的是高速公路），山山水水，隔开了多少人间易变。按说经历了一个席卷全国的动乱年代，破"四旧"立"四新"，敢教日月换新天，竟然没有拆毁这里的寺庙楼台，也令人叹惋。可能那些脑浆沸腾拳臂高举的年轻人也惮于跋山涉水，不愿来镇上行动。于是那些青石板街道，那些青砖灰瓦的房屋得以完存，留待现在供人瞻仰流连。

黄姚不愧为风水宝地，据说仅清朝康熙至光绪年间，这儿就走出过十一名举人，也走出过进士。有一处宅院叫"司马府第"，应该是某朝官员的官邸。这儿远离中原皇权中心，不说满腹经纶才华盖世，仅只是赶考这件事情，对每一个初涉世事的青年人都是莫大的考验。骑一头毛驴，一名童子相随，从南到北风霜雪雨，漫漫征途需要两脚与四蹄一一丈量。风俗相异，孤独无援，天天面对陌生的天地，只有明月清风为伴。

这些在家中养尊处优的士子克服千难万险，至少要走上好几个月。几个月里在路上该有多少变故发生啊，别说竞争遴选，能够最终到达京城都属人中雄杰，没有强大内心几无可能。他们的坚定自信来源于家乡古镇的桃绪传承，那些开拓此镇的先人骨子里虔信"万般皆下品，唯有读书高"。在黄姚，有十数座宗祠家祠，同姓族人围祠建屋而居。他们祭奠着先祖，也不敢忘却久远传统里的苦读警训……对先祖的敬仰和对读书的崇尚贯穿日常生活，由古及今,这才是黄姚古镇久盛不衰的深在秘密。

干旱之花

　　这里应该是中国最干旱的地区,年降水量不足二百毫米,蒸发量却高达两千毫米。七十年前这儿曾发生过一场著名的战役——红军长征中的最后一场战斗:山城堡战役。历经近四分之三世纪,这场战役的战壕竟然还在,某年偶至的雨水甚至没有淋坍它,它横在一个俯瞰开阔地带的小山头上,跳进去,仍然可以隐蔽起来不被发现。近百年的风风雨雨竟然没有湮灭它,也没有荡平它,可想而知此地缺雨到何种程度。听当地人介绍,旁边立着的稀稀的几株白杨树,树龄至少也有五十年了。那树不多的叶片确实也碧绿着,但树身柴不拉叽,刚有一条生过小儿麻痹症的病腿粗细,表面黑暗,疤痕累累,疙疙瘩瘩的。看着这株柴瘠的老树,你不能不生出感慨。在风调雨顺的华北平原,一株三年龄的白杨树树身,肯定要比这株岁逾五十者更粗硕。即使作为一株树,生对地方也很重要。但华北平原上的白杨树鲜有活过五十岁

161

者,连三十岁者都不多见,从这一点上看,守望在没有雨水的旱山上,未尝不是一件好事。

这儿作为战场不只是七十年前,七百年前,或许七千年前,这儿应该都是战场,兵燹频仍。当你走在那一座座黄土山包上时,你不时能望见一柱柱陡直的堆土矗立,像是没事儿干的人故意垒起来做游戏玩的——那正是古时的烽火台,是连绵战事的遗留物。这儿长期是中原民族与北方族裔争夺较量之地,因而也就成了战场。周朝先祖不窋,曾经居住在戎狄之中,应该即在此地,因为自此朝南走上不足一百华里,就是周祖陵,不窋帝的墓葬之处。但当时雨水肯定比今天要丰沛,不是鱼米之乡,起码也应该碧草无边,否则不会吸引游牧部落居住于此。但也许此后很快气候发生变迁,一下子干旱起来,于是这儿仅仅作为一处通往关中平原的孔道,而居民却愈来愈稀少,从而那些战争的纪念物——烽火台也少有雨水侵袭,得以保全下来。

是的,这儿是环县,位于甘肃省的东北部,与宁夏的固原地区接壤。这儿有一条著名的江水,叫环江。环江是一条江,但江水并不深,也不宽阔,要是一个人横躺江上,脚搁在这岸,头枕着对岸,可以保证两头都能干燥,被水沾湿的仅是腰背部。但这条瘦水在这儿就有了江的名字,而且这块偌大的山山峁峁因这条江命名,叫环县。据说环江并不总是这个瘦弱模样,到了某年暴雨骤至,它也滔滔不绝,浩浩汤汤。一个轻易不发脾气的人,一旦要起了性子,确实也够看的。你看看环江的岸坡,就能知道它的脾性何等暴烈——哪里是河坡,分明是陡峭的山崖,刀削斧劈一般,成九十度角笔直而下,像高墙一般护卫着深不可测的谷底的一线水流。当然,洪水激荡的时候,高崖之间的深邃谷涧,肯定是日夜波浪轰鸣,雷霆万钧,和平时的和煦气象判然有别。

写水的文章,当数范仲淹的《岳阳楼记》。但范仲淹写作此文是受好友滕子京之托,当时并没见过岳阳楼,倒是刚刚从环庆地带返回京都,说不定他写的那水,充满了环江潮湿的气息,有着环江的影子呢。范仲淹在宋代庆历元年镇守环庆一带,主政三年,时值西夏王赵元昊入侵,边事告急。胸怀坦荡而足智多谋的范仲淹友爱民众,与当地人打成一片,并且采取迂回策略御敌,让西夏兵不战而退。当时传诵一句民谣:"军中有一范,西夏闻之心胆寒",足见范仲淹镇守边关的卓越成就。当然,也正是因为其治下的"政通人和,百废俱兴",范仲淹才进一步得到朝廷的重用,而他所倡导的"先天下之忧而忧,后天下之乐而乐",也成为中国文化人的人生格言,代代相传。

环县的一切都因旱而生。因为干旱少雨,这儿地广人稀,将近一万平方公里的偌大地面上只居住有三十多万人口,这在内地是不可想象的。在华北平原,一万平方公里相当于十个县的面积,至少居住一千万人,是环县的几十甚至上百倍。历史上的干旱与兵燹是环县人口稀少的最主要原因。环县的黄土层甚厚,应该是地球上黄土堆积最厚的地区之一,那些富含养分的土壤只是因为缺水,平素难有用武之地,而一旦有了少许的水,厚土们会踊跃欢呼,使出全部力量来生长植物,显露它们厚积薄发的能量——你可以尝尝环县的杂粮:小米、绿豆、豌豆、燕麦,甚至油麻,那才是美味,和天下所有其他地方的粮谷均不一样。那是土地的精华偶露,有着最内在的质地与味道。庄稼生长得如此不寻常,做法上又独树一帜,环县的杂粮食品在花样繁多的食品中当然就偶露峥嵘。那些利用最短暂的雨水季节奋力生长的油麻,出产的油汁味道也格外香,清香,这是美食的一个重要因素吧。当然,不仅仅是杂粮,在这样干旱的地区,昼夜温差如此显著,膨大的糙皮蜜瓤的瓜果愈加香甜自不必说。那些瓜果不一定模样耐看,但一律内秀,一律是香气四溢,让你吃一回记一辈子。可惜因为干旱,这些杂粮与瓜果的产量不高,不足以养活更多的人口。

但让环县名满天下的不只是这些美味的地方特产,其独有的道情皮影,被西方人称为“东方魔术般的艺术”,而且成了国家第一批保护的非物质文化遗产。皮影戏遍布中国各地,但只有到了环县一带才有了变化,坐在前台耍线子的艺人不但灵活支配着线子也支配着人物的生死恩怨,更重要的是,他开始配合着人物起伏无定的命运歌唱,而且唱腔是这一带独有的道情。道情本来是道士们为了弘扬道教在闹市街头向众人拉长腔调的宣讲,但不知怎么一回事儿,七变八变,似乎宣讲道教被弃之一旁,竟然变成一种类近质问与呼唤的唱腔,宣泄人们胸中积压日久的各种情感。"夫天者,人之父母也;父母者,人之本也。人穷则反本,故劳苦倦极,未尝不呼天也;疾痛惨怛,未尝不呼父母也。"这是体会人生滋味至深的司马迁悟出的真理。在环县,在极度的干旱和战事频仍中,动荡奔波中的人们一次次濒于绝境,上天无路入地无门,呼天号地成为一种本能的情感反应。而道情,正适应了困苦中人们的需求,于是生发繁衍,长成一种独立的戏剧。而皮影戏也接踵而来,因为其简便,"一驴驮"就可以囊括其所需的一切道具,而戏班子也不要人多,少则三两人,多则四五人,在偏僻的窑洞里,只需要一盏油灯,就可以让从三皇五帝到如今发生的所有惊天动地的大事一一重现,同时更可以重现人们的爱恨情仇,凄惶苦难日月。道情与皮影在黄土高原不期而遇,一拍即合,开始唇齿相依,一种全新的艺术随即诞生,接着渐渐成熟。道情皮影最繁盛的时期,环县竟然有几十家戏班,活跃在这里的沟沟峁峁。即使近些年普及了电视,电影也在多年前被打入冷宫,但道情皮影仍然顽强地存在着,让环县人沿袭享受着祖先的习俗,享受着这独特的民间艺术。

在繁星密布的冬夜,在无尽的黑暗与荒凉中,一盏灯亮了,一群人物突然鲜活地映现,接着一个悠扬的高亢唱腔猛地平地而起,击碎深深黄土窑洞里的沉寂空气,也击碎每个洗耳倾听人的心事……这就是道情皮影。

在环县的高峁深壑间,在冬夜里的黄土窑洞里,淋漓尽致地看一场道情皮影戏,该是何等美妙的享受!

太阳的家乡

在中国历史上，徐州值得大书特书。无人不知的汉高祖刘邦出生于此发迹于此，爬上皇帝宝座又打了一场胜仗后特意衣锦还乡，大宴宾客，高咏《大风歌》："大风起兮云飞扬，威加海内兮归故乡，安得猛士兮守四方！"豪情万丈，气势恢宏。而刘邦的对手项羽也是此地人士，他的力气比刘邦大，但他不会放眼世界，只会盯着河东这片地方。项羽一心想着扫平天下后归乡，要定都于彭城（徐州当时的名字），"富贵不归故乡，如衣绣夜行"，这是他的认知。有人睥睨他的认知，讽其为"楚人沐猴而冠"时，他二话不说就宰了那人。由此可见彭城巍峨于项羽心中，高于天下一切城池。认知决定结果，归乡心切的项羽最后却有乡不能回，在四面楚歌中走向末路。他悲壮的《垓下歌》也响彻千古："力拔山兮气盖世，时不利兮骓不逝；骓不逝兮可奈何，虞兮虞兮奈若何！"

不唯刘邦项羽，还有三国时的孙权，还有南唐后主李煜，籍贯全是徐州。就像有些地方盛产骏马，有些地方盛产山羊，徐州这地方盛产帝王，被称为"帝王之乡"。这里风水苗壮的原因可能与其特殊的地理形势有关，"北国之锁钥，南国之门户"，历来为兵家必争之地。这里有山，但山不甚高；这里有水，水也不甚密。山水滋润，平原开阔，孕育一辈辈雄才伟略文武兼备豪杰之士。帝王兵家们都喜欢一手握剑一手执笔，写下《大风歌》《垓下歌》诗篇，流芳百世。李煜更是开一代诗风，情真意切，"生于深宫之中，长于妇人之手，阅世愈浅而情愈真"，被王国维称为古今诗才第一人。还有苏轼，也曾任徐州知州，在这里写下诸多传世佳作。白居易对徐州的依恋更深，他的部分童年在此度过，美好的记忆让他终生频频回望……

徐州的山山水水于平凡中孕育着奇崛，它拥有多种矿产资源，煤炭，硅矿石——对，硅矿石是一种白色石头，又叫石英砂。这种不起眼的遍地皆是的石头含硅量极高，可以用来制造玻璃。变成玻璃对石英砂来说有点大材小用，它要变成更高级的东西，就像一个人要从乡野里的一亭之长变成一国之君。石英砂通过道道工序，成为纯度为小数点之后紧跟六个九的硅块。高纯度硅的用途极为广泛，但最重要的用途有两种，一为制造太阳能板，一为制造芯片。现在芯片很热闹，不必多说，芯片的主体材料就是硅。太阳能硅板大家也不陌生，已经走进千家万户，走进普通人的生活。太阳能替代化石能源是大势所趋，这方面中国人走在世界的前头。捕捉阳光已成为中国人的拿手好戏,而在这之中,协鑫人是领头兵。协鑫,就是协鑫集团,是一家专事新能源制造的现代企业,他们看中了徐州,开辟徐州协鑫厂区,生产各种高精度硅产品。徐州富有硅矿石,更重要的是徐州有适合企业发展的深厚的人文环境,有敢为天下先的社会风气。

衡量一家企业或机构的管理水平如何,不必深究各种文牍或数据,你只需要关注部分细节即可,比如洗手的自来水龙头里的流水。我们前往徐州乘坐的高铁上的水龙头是按压式取水,按压一次的出水量极阔绰,可以轻松洗两次手;它不停流淌,好像要永远流下去,好像高铁的轮子和铁轨是与大海相连的,高铁就是一台奔跑的大水车。这令人想起高速公路服务区里的水龙头,它们大多脾气暴躁,只要你揿一下它就四处喷溅,不但洗你的手还要洗你的衣衫和裤子,就像服务区上头顶着的是大水库,它们正急于泄洪。高铁和高速公路都是财大气粗的大企业,他们不可能在意自来水龙头流下的一缕细水,再说那也显得太小气了。只有协鑫这样的"高精尖"企业,要精打细算,要节约洗手间水龙头里的水量。你将手伸到水龙头下,水柱悄然瀑流,只有筷子粗细但肯定够你从容洗好。这筷子粗细的水流适时戛然而止,不会多流也不会少流,绝不浪费丝毫。

办公楼是企业的大脑,收拾得窗明几净理所应当,可徐州协鑫不仅办公楼,连院落以及各种建筑,每个角落都井井有条。走进协鑫,你觉得这不是一个工厂,而是一家海滨疗养院。大院里细草如毡,绿树成荫,甬路笔直干净,楼宇俨然。没有灰尘,没有噪声,清清净净,景象近于山间寺院。即使你走进作业区,仍然一尘不染,仍然一声不响。你隔着玻璃墙,看见一台台高耸的机器在运作。那些机器都是一桩桩圆柱体,不粗不壮,昂然挺立,顶端有几支机械臂频繁地左拿右推,不停忙乎,不知在忙些什么。作业区域没有工人,操作的工人都在玻璃幕墙的侧面对着一台台电脑,他们用键盘发号施令。这是真正的现代化车间。工作人员讲解说,那些高高的圆柱体是硅料转化器,石英砂在那里被搅碎,然后又过滤分解提纯,成为需要的硅锭或硅颗粒……

连生产车间都这么整洁有序,怨不得在"新冠"疫情暴发期间,工人们按规定不能离开厂区,他们就在车间里铺床叠被,长达几个月的时间日日夜夜生活在车间里。协鑫最重视的是一线生产工人,无论企业遇到何种困难,最先保障的是员工们的待遇。协鑫人有各种丰厚的福利报酬,这也让他们团结一致,真正把企业当成自己的家。生产区建有清洁的休息室,每个员工都可以随时喝一杯咖啡或红茶,品尝一碟小食。而光可鉴人的大食堂里更是如此,餐品多样,最好的菜肴都是供应给员工的。

一家企业的发展壮大不是赢在机遇,而是赢在文化。企业文化是企业的灵魂。协鑫集团尊重员工,更尊重研发人员。每年协鑫集团要拿出总收入的百分之五用于产品研究开发。雄厚的经济与精神的双重支持使协鑫集团的高新产品走在同行业前列。他们改革切锯的金刚线，把硅片切割时间从每批次九十多个小时缩短为七十多个小时，然后是五十多个小时，三十多个小时，最后缩短为二十多个小时，效率不断提高，而质量也不断提升。他们生产的硅板太阳能利用率由开始时的百分之十五提高至百分之二十，百分之二十五，百分之二十八，甚至百分之三十以上。他们将太阳能发电成本由最初的一度电需要几块钱降到现在的每度电三角钱，已经低于火力发电。协鑫正在研发一款最新的替代硅板产品，叫太阳能钙钛板——只需在透明玻璃上涂上薄薄的钙钛层，就可达到或超过现有的硅板性能。协鑫人踌躇满志，意气风发，有信心在今后数年内普及钙钛太阳能，让新能源的发展更上一层楼。他们要降低每度电成本，一低再低，直到最终取代化石能源。

终有一天，太阳能会全部代替化石能源，人们生活在澄澈清明的环境中。这是大自然的赐予，也是人类的福音。

破茧之醉

　　某君是知名诗人,写得一手好诗,但他的长相实在让人不敢恭维,用他自己的话说,"长相与诗成反比"。他个头不高,微胖,脖子又短,走路微微仰着脸。他的牙齿极宽,牙齿与牙齿之间的距离也不窄,一笑极显质朴,像个孩子。他的优势不少,除了写诗,也极善饮,而且每饮必醉,一醉更显行侠好义,豪气干云。某君虽然谈不上英俊,但夫人却是如花似玉,尽管现已年过半百,仍然风韵犹存,不难推测年轻时如何花枝招展。癞蛤蟆通过何种手段吃上的天鹅肉,一直是未解之谜。一日酒醉之时,同席的朋友一致强烈要求某君介绍经验,谈谈当年的恋爱史。某君没像往常一样拒绝,嘿嘿笑着,满斟一杯酒,一饮而尽,然后伸开大手抹拉一把嘴唇,开始沉入峥嵘岁月。

　　某君上大学的年代是在 20 世纪 80 年代初期,社会风气较为保守,学生守则明文规定大学生禁止谈恋爱。即使学校不规定,估计也没谁胆大包天公开谈恋爱，因为谈恋爱被视同耍流氓，被认为是不齿于人类之事。但爱情就像青草，视节气而萌发，不因人的意志而改变枯荣兴衰。某君一塌糊涂爱上了一个女生。他偷偷摸摸地爱也就爱了，但他爱上的女生偏偏是一位校花，是全班乃至全校公认的美人，这就有点让人不知说什么好了。因为某君来自农家，情形困顿，加之其貌不扬，有对不起观众之嫌，当时又没显露出日后能蜕变成白天鹅的蛛丝马迹，以此区区之条件去妄想高高在上光芒四射之校花，不能不令人扼腕兴叹。某君怀揣着秘密，不敢流露丝毫风声，怕人知道了笑掉大牙。某君日思夜想，失眠、发愣、歇斯底里，一个沉入爱河的小青年该经历的他都经历了。他被痛苦千般折磨，无望地挣扎。他想过一千回去向她表白，但他自己又一千回地否决了。就是在这种绝望苦闷之时，他开始了人生第一次饮酒。

他第一次喝的是廉价的白干酒，当时正值某个节日，学校放一天假，当天晚上同宿舍的几个同学心血来潮要庆贺节日，同欢共乐，于是凑了份子，去街上买了猪头肉、白干酒，用平日食堂打饭的搪瓷碗当酒碗，颇有武松上景阳冈的豪迈，咣当一碰，数饮而尽。某君没想到酒的力量如此巨大，不但辣得打嗝，而且浑身发烧，心脏竟跑到头顶跳动。其实一瓶酒一宿舍七人去分，每人也摊不了多少，但这一点点酒已经威力无穷，让某君激情难耐。他的脑瓜被校花的身影与笑靥填满。他总想说话，而且总觉得言不尽意。他也总想手舞足蹈,想摸这碰那。最后他实在忍不住,就拿起几页纸去楼道公共洗手间的格子里去写诗,因为全楼只有那儿有单独的空间,而且还有长明的灯光。他字里行间蕴满对校花的倾慕与深情,一气呵成,称得上才华横溢晓畅无比,令他欣喜,令他信心十足。而且他写完诗后做了一个大胆的举动:去女生楼给校花送诗!

要是没有醉酒壮行,平日里再借他几个胆,他也不敢轻易去找校花送诗。两人条件悬殊,他的自卑同自尊一样蓬勃。但薄醉之中,英勇豪气纵生,他连个趔趄也没打,径直闯向女生楼。结果不言自明,他也振翅云际,和白天鹅并驾齐飞。

某君说是酒醉给了他写诗的灵感,给了他勇气与自信,当然也给了他爱情,改变了他的命运走向,所以他像热爱诗歌一样热爱酒,嗜酒如命。

美酒的功能就是如此强大,它可以轻而易举使草民平步青云而为帝王,使庸人摇身一变而为英雄。现实生活里我们的束缚太多,说话做事,处处须小心翼翼,不能逾矩。我们的先人要求我们不但谨言,还要慎行。于是我们被一层又一层的茧壳包裹,只有酒醉时分才能羽化成蝶,翩翩起舞。人们之所以热衷美酒,是钟情于美酒能够融掉茧壳,破碎规矩,让人"酒后无德"的同时,也让人呼吸到新鲜氧气,获得精神的自由,无拘无束。

诗歌与酒有不解之缘,更与这种召之即来可以放浪形骸的自由有关。醉酒舞墨，灵感莅临。诗仙李白就是个酒鬼，你听听他那些被千古传颂的名篇："人生得意须尽欢，莫使金樽空对月""举杯邀明月，对影成三人""金樽清酒斗十千，玉盘珍羞直万钱"……李白给人的印象是天天泡在酒坛子里，后世杜撰他一手举杯，一手题诗，也自有道理。于是"李白斗酒诗百篇"的佳话在时光中纷飞，人们自然而然产生"诗酒一家"的印象，似乎不举杯醉吟，就不是真正之诗人。酒催生了诗，诗丰富了酒，在漫长的历史里，酒与诗相得益彰。

不唯李白，历代大师们写酒的诗文真是不计其数。你听："今宵酒醒何处，杨柳岸晓风残月""葡萄美酒夜光杯，欲饮琵琶马上催""三杯两盏淡酒，怎敌他，晚来风急""醉里挑灯看剑，梦回吹角连营""醉翁之意不在酒，在乎山水之间也"……佳酿浓郁的醇香缭绕在几千年沉积下来的中国文化深处，只需随意浏览数题，已令人不饮而醉。曾几何时，从山野到朝廷，从青楼到沙场，处处醉意朦胧，酒香飘荡。可说一部中国文化史，就是一部中国饮酒史。

但灵感似乎是畏怯酩酊大醉的，试想大醉之时，天旋地转，黑白不分，昏晓难辨，哪有条理清晰的诗文之思。李白要是沉醉望月，一定不再是"举杯邀明月，对影成三人"，而很可能是"举杯泼明月，看影成八人"了。诗兴勃发应该在微醺之际，几杯下肚，脸红耳热，想象飞驰，诗意蠢动，于是乎话语渐稠，新奇之想法之说法如热锅之爆豆,噼啪乱响。诗人此时当然是技痒难耐,旧病复发,随手拈来,俯拾皆是佳句。

大运河侧畔,鲁西北的某地,有一家知名酒厂,厂区里竟然开辟有一条诗酒大道。路旁的繁花佳木掩映着一块块石壁,石壁上镌刻着的不是名人名篇,而是当地诗人的诗歌佳作。糟池醇香拂面之际,读一阕节奏明快的诗歌,确让人心旷神怡。想来当初的设计者一定也是在微醺之际,灵机一动,想出了这道诗酒交汇的别致景观。

浩气贯山岳

歌乐山位于重庆沙坪坝区,名字实在是太好听了,充满欢乐和歌声。但它有两处比它动听的名字更声名远扬的地方:渣滓洞和白公馆。这两个名字是恐怖和血腥的代名词,1949 年 9 月至 11 月,有三百多名共产党人在此遇害,他们的鲜血染红山坡,染红山上的每一块岩石。有一本书叫《红岩》,作者是罗广斌和杨益言。《红岩》红遍中国,被改编为影视和戏剧,妇孺皆知。作者罗广斌也曾被囚禁于渣滓洞,他算是幸运者,在那个惨案发生的黑夜成功逃生。他是不多的几个幸存者之一。他在《红岩》这本书里记述了自己的亲身经历。

渣滓洞和白公馆相距五里,它们的存在让歌乐山弥漫黑暗。那三百多名共产党人坚贞不屈,没有向罪恶势力低头,甚至不屑于在悔过书上签字——只要他们拿起笔写上自己的名字,他们就会重获自由。但为了心中的信仰,他们选择说"不"!

渣滓洞监狱的刑讯室里摆满刑具,有老虎凳,有火钳,有尖锐的竹签……这些惨无人道的东西能够制造最深刻的肉体痛苦,从而让心灵屈服。但施刑者没有料到竟然遇到如此坚强的对手,他们被折磨,发出痛苦的呻吟,但他们决不投降!面对威逼利诱,面对刑讯,没有一个人变节。江姐(江竹筠)出现了,她是一位普通女性,个头不高,却坚如磐石。她不怕钉入指甲的竹签,对于需要保守的秘密她不会吐露丝毫。得知中华人民共和国成立的消息后,他们欣喜若狂,用被单做红旗,用黄纸做五星,庆祝胜利……可歌可泣之人之事比比皆是,这让国民党反动派无比震怒。终于他们发出了秘密指令:杀掉所有在押犯人!

在一个黑夜他们开始了屠杀计划,他们把犯人锁在八间房子里,用机枪和卡宾枪扫射。为了心目中的理想,这一夜有两百多名共产党人英勇献身。正像无数的歌曲里歌唱的那样,他们用热血染红了旗帜。他们用生命捍卫信仰。而他们遇害之时,中华人民共和国已经宣告成立,仅仅数日之后,解放大军就开进了重庆。他们倒在黎明前夕的黑暗里。

歌乐山的名字从此充满哀痛,让人不敢轻易提起。为了纪念这些英雄儿女,歌乐山种满了梅树,漫山遍野的红梅花在春天里开放,悄无声息恬念着远去的英魂。恢复渣滓洞和白公馆的原貌,让人们看见这段黑暗历史;红梅遍山,但这一切还不足以祭奠那些人,那些为了信仰献身的人。于是在歌乐山脚下,一座特别剧院被建成:"重庆,1949"。这是剧院的名字,也是这座剧院演出戏剧的名字。这座剧院只为演出这一出剧建造,就是为了纪念那些英灵,让世界记住那段历史。

你参观了渣滓洞和白公馆,你走过歌乐山的崎岖山道,但你可能仍对渐行渐远的历史事件所知寥寥。你毕竟生活在现今安逸的中国,生活在物质主义甚嚣尘上的今天,你怎能理解那些彻头彻尾的理想主义者,理解他们的无私与英勇!他们胸怀大义,他们心念苍生,就是为了让劳苦大众过上幸福日子,活得像一个真正的人!他们甘愿献出生命,用他们的热血唤醒并改变世界。此时你应该再走进这座剧院,坐下来观看这出舞台剧,昨天的历史重现,一个个血肉丰满的人物来到你的面前,此时,你才能真正理解那段历史……

这座剧院使用了一切最先进的技术,可以让舞台三百六十度旋转——这种旋转令人头晕目眩,之后你就觉得不是舞台在旋转而是你在旋转,你在旋转着观看舞台上的群像。音响效果有点骇人:枪声响在面前,鲜血梅花处处开放。那些清脆而罪恶的枪声啊!每声枪响都让你不由自主眨眼,试图躲避。你不需要躲避,你是观众,只是历史事件的观看者而不是参与者。你是安全的。而那渣滓洞的探照灯,一道一道刷过头顶,你不能不胆战心惊!荷枪实弹的士兵站在岗楼上监控,飞扬跋扈的官长在巡视牢房……有人被押向刑场,一声又一声枪响炸碎黑暗而惊惧的夜空。嘉陵江水浩浩汤汤奔涌,阶阶石梯通向坝顶——那是沙坪坝,那是磁器口,那是热闹的汉碧正街。撑起的雨伞像彩色的蘑菇,雨水使黑暗浓重……

《重庆,1949》再现了那段历史,让英雄人物如在眼前。只有看过这出剧,你才能真正理解红岩精神到底是什么。

第四辑　小"说"者

用文学之手拉近心灵的距离

朋友们:

上午好!

作为一个小说家,来到马德里,他不能没有一种朝圣的感觉,因为这儿是伟大作家塞万提斯生活的地方,是诞生了不朽作品《堂吉诃德》的地方。《堂吉诃德》是真正意义上现代小说的开端,它昭示了一个全新文学时代的来临。后来的小说家,直接或间接都受到这部源头作品的影响。塞万提斯几乎是所有小说家的老师。

从西班牙这片神奇的土地上,走出了一代代文学大师,他们照亮了世界文学的星空。埃切加赖、贝纳文特、希门尼斯、洛尔卡、乌纳穆诺、何塞·塞拉……这是一溜长长的名字。而仰望整个西班牙语世界,更是群星璀璨,加西亚·马尔克斯、博尔赫斯、科塔萨尔、略萨、鲁尔福、聂鲁达、阿斯图里亚斯、帕斯……这是一座辉煌的星系,如果没有他们的灿烂,漫漫长夜将多么寂寞!

艺术家是上帝的使者,上帝将他们放在大地上各处的人群中,感受人间的悲痛和欢乐,并赋予他们特殊的才能,来向上帝报告人类的生存状况。上帝要知道大地上生活着的人类的一切,知道他们的苦难与幸福。几乎和历经坎坷的塞万提斯同一个时代,在中国,给别人当了一辈子家庭教师的蒲松龄写出了他的著名短篇小说集《聊斋志异》,这是一部光华四射的作品。在稍后的年代,举家食粥的曹雪芹创作出了他的伟大长篇小说《红楼梦》。而此前两千多年以降的中国文学也是星汉横亘、烜赫辉煌,屈原、庄子、司马迁、李白、杜甫、陶渊明、苏轼、李煜……这个名单可能更长,他们中有被黜逊位沦为囚徒的皇帝、遭受宫刑的官员、四处流浪的落魄仕子以至偏居一隅身处陋巷的平民,他们忠实地记录了那些时代的人类身体与心灵的苦难。而最近一百年以来,中国作家鲁迅、沈从文、萧红、莫言……纷纷拿起笔来,创造了各自光彩夺目的文学世界,他们使世界文学的星空愈加壮丽,绚烂多姿。

今天,中国作家和西班牙作家走在一起,进行切磋与碰撞,对于开阔视野,促进各自的创作确实有诸般好处,但我觉得意义还不仅在于此,更大的作用是增进两个国家的人们深刻地了解彼此的文化,用文学之手拉近生活在东西两块土地上的人们心灵的距离。在文学世界里,从来没有时间与空间的概念,人类的心灵总是息息相通的。

感谢中国大益文学院,感谢康普斯顿大学,感谢为此次活动辛勤工作的所有人! 没有你们无私的奉献,就没有我们今天的欢聚。

谢谢大家。

本文系在西班牙康普斯顿大学的演讲

村子的世界

朋友们:

上午好!

我想说说村子这个话题。村子是中国最基本也是最完整的社会构成单位,一个村子就是一个独立世界。有一句话说,县城是个大村庄,北京是个大县城,形象概括了中国的社会形态。中国当代文学中大部分题材是写村子的,村子的价值观就是传统中国的价值观。

但现在变化最大的就是村子,近半个世纪以来,随着中国的全面现代化,现代文明其实就是西方文明长驱直入,渗透了普通中国人生活的方方面面。城市化进程在加速,村子也在迅速没落、凋敝。现在走进村庄,能够见到的都是老弱病残,年轻少壮悉数去了城市,村子的形态被严重破坏,村子文化也无从谈起。而正是村子文化培育了中国人的价值观念,村子文化的瓦解和消失对整个中国人价值观的影响不可估量。比如刘庆邦先生谈到的生育观念，即使政府的决策改变，不再管制生育，年轻的一代也不会再多生，因为城市文明已经改变了他们的观念。在村子里，家里男丁的多少直接决定家庭的地位，而且面对灾难、疾病、养老等重大人生变故只有依靠家族的力量才能抵御，这些都让多生孩子的观念深入人心。现在物质丰富，源自西方的医疗保险与养老保险制度已经普及，随着村里人走出去，家庭地位与儿子的多少也脱离了关系，人们又想提高生活质量，自然也就不愿意多生孩子。不仅仅是生育观念在改变，生活中的一切都在改变。刘庆邦先生刚刚出版了一部长篇小说《黄泥地》，是写村子里乡绅文化的崩溃，村子世代以来形成的民间权威管理机制失灵，引发了一系列灾难性后果。

数千年以来，王朝更迭，风水流变，但村子巍然屹立。村子历经各种变故，包括瘟疫、战争、洪水与干旱、饥饿……这些人间的灾难变着花样反复洗劫，村子有时看上去像是毁灭了，零散乃至消失了，但一旦破坏的力量稍微放松，它就像一片有记忆力的特殊金属，马上会重建复原。它只是变形、膨胀、缩小或者分散，但从没被消灭过，任何外在的力量都不能让它消减，只能给它增添点什么，像是一个永远健壮永远会对疾病产生免疫力的人。但在眼下的这场变故中，村庄命运如何是无从把握的。这么强大力量的撕扯，这么快的分崩离析，是村子从未经历过的，是空前的，史无前例的。这次破坏的力量不只是来自外部，同时来自村庄自

187

身,是村里人在自发的里应外合。中国大地上,城市在迅猛兴起,村子在加速度破败,来自西方的价值观像飓风一样横扫一切,传统观念在发生着剧烈变革。这是一个观念动荡的时代,旧的体系已经打碎,新的体系还没有建立起来,价值取向变得多元起来,复杂起来,于是生活中开始出现各种各样令人不可思议的事件,像万花筒一样目不暇给。当然,对于艺术家来说,这是一个伟大的时代,不同文化的碰撞、交汇,价值观念的变革,正是艺术创作的沃土,相信这是一个文学和艺术繁荣的时代,是群星璀璨的时代。

九十多年前,中国发生了五四新文化运动,当时的知识界对是否打开国门引进西方文明进行了激烈论争。这场运动影响深远,从此以后西风浩荡,社会的各个领域开始西化,中国人的生活价值观发生了重大变化。但无论如何变化,终究是"中国式"的,中国传统文化的基石一直稳固,一直是生活价值体系的主体构架。

一块从山顶滚下的巨石击碎了湖水,波浪翻涌,每一滴水都在动荡不安,都在寻找平衡和自己的位置。巨石和震荡会提高水位,会让湖水的成分有所改变,但湖水终归是湖水,石头终归是石头。一种新的生态会出现,水草会丰茂,鸥鹭会翔集,锦鳞会游泳,平湖中的巨石会让风光愈加旖旎,湖光山色愈加美好!

谢谢大家。

本文系在"中俄文学论坛"上的发言

188

回老家,谈文学

朋友们:

下午好!

我是一个河南籍作家,出生在这片土地,文学世界也是围绕这片土地展开,我对写作的摸索也许有一定的代表性。这里我谈一下对写作的一些感悟。

第一点,我想谈谈叙事技巧。河南人讲究实在,不玩虚套,写作之初,总觉得技巧是形式的东西,是外在的,不需要过多重视,最重要的是扎扎实实的内容。但随着写作的深入,才明白叙事技巧就是内容本身,技巧和内容是浑然一体的,有什么样的叙述技巧就有什么品质的作品。

在小说写作中,写作技巧直接决定小说的最后形态,小说品质是具有可变性的,当叙事声音和叙事策略确定之后,你写下第一句话的时候,已经决定了整篇小说的品质。这有点像雕刻匠的工作,在他刻下第一刀的时候,他手里的石料马上发生魔术般的变化,根据刀工来决定石质的优劣,而不是本质是一块和田玉,无论用哪一种刀法雕出来都是这个玉质。在你第一刀刻下之后,它要么是花岗岩,要么是和田玉。刀工决定石料品质,这是最神奇的魔术。

在小说写作中,叙事声音会直接决定表现真实的深度,这是至关重要的。谈到叙事技巧,有人会以为现代小说讲究叙事技巧,而传统小说不太重视技巧更重视内容,各有侧重。但我觉得不是如此,不是现代小说和传统小说的区别问题,而是小说品质的高下之分。小说品质的高下是以表现真实的深度来衡定的。一个作家在他写作的过程中,会竭尽全力达到真实,写出让自己满意的小说。为了深入真实,小说家会动用所有可能的手段。

福克纳曾经说过,一个小说家为了写好小说可以打劫自己的母亲。其实他说这话的意思是,为了写好小说,达到深度真实,他会想尽一切办法,动用一切可能的手段。福克纳做到了这一点,他创建了他的约克纳帕塔法,一个有着高度艺术真实性的世界。我们这次会议的主题是新突破,我觉得我们河南作家应该空前重视叙事技巧,在这个方面寻找突破口。

第二点,谈谈真实。通过不同的叙事技巧达到不同层次的真实。在小说品质的衡量中,真实应该占有何种比重?我觉得真实是小说的灵魂,是衡量小说品质的最重要标准。我们习惯给各类小说贴上标签,现代主义、浪漫主义、现实主义等,这是理论家给小说的定位,其实小说是没有太多主义之分的,只有真实作为其唯一的尺度。马尔克斯说,小说是真实的谎言。小说是一阕谎言,是小说家编造的,但小说家使这个谎言真实化了。好小说都是一个真实的世界。

衡量一个小说家优劣的标准是看他能否用语言一把攫你进入他创造的那个世界,让你产生身临其境的感觉。优秀的小说家能把假的说成真的,而三流小说家却把真的说成了假的。好小说的真实是全方位的,是眼耳鼻舌身的感觉真实,是深层和浅层的心理活动真实。我们当下的许多小说是不能用真实这个标准考察它的,因为真实是一面照妖镜,无论你去强调拥有多么重要的社会意义,强调你拥有多么别致的语言或形式,只要真实缺失,作为小说存在的依据就难以站得住脚,或者说已经不是一篇小说,而是沦为了一堆消遣性读物而已。

真实具有穿透力,能够跨越地域、时间、文化的多重障碍。我们现在读列夫·托尔斯泰的小说,能够感觉到一颗颗心灵的搏动,并不觉得事情发生在 20 世纪的俄罗斯,只觉得就在眼前。而当下的许多炙手可热的小说一旦去掉作为时代特色的通识符号后,除了一个故事框架外,会让人不知所云。

第三点,说说故事。现在文坛上流行一句话,叫讲好中国故事。于是大家都在追逐故事,在讲故事上下了很大功夫。故事是

191

小说的一个重要组成元素，人有爱听故事的天性，小说可以巧妙地利用故事这个构件，增加可读性。利用故事的这个长处是对的，但小说写作不能过度侧重故事。太阳底下再无新事，人与人之间可能发生的故事模型有固定的数字，就是所谓的"元故事"，戏剧文学中称"戏核"，也就是一百多种吧。就是说，故事是可以重复的，不是独创的，不具备唯一性。你拥有一个无论多么稀奇古怪的故事，在人类的历史上肯定都发生过。对于艺术来说重复是没有价值的，所以小说写作不能过于依赖故事。

小说应该创造一个真实的立体世界，这个世界里可以有故事，也可以没有，比如法国的新小说派，就在一定程度上抛弃了故事。我个人的写作是利用故事，但仅将其作为小说构成的诸多元素之一。我的小说写的是村子里的故事，但我是重写村子，让村子活起来，能让读者走进去，而故事埋藏在村子的日常生活里，埋得越深越好。不去沿着一个线性故事叙述，而是写出一个真实的立体世界，让读者在这个世界里自己寻找发现故事线索。

故事就像一个人的骨架，一旦你血肉不丰满，只有骨架，那就是一副干瘪的骷髅。而作为一个生龙活虎的人，骨架埋藏在血肉里，我们是看不见的。

当下好多小说因为过于追求故事，而忽略了创造一个真实世界。那只是用雅致的语言写成的故事而已，是雅故事而不是真正的小说。所以我觉得重新审视故事在小说中的作用，对于当下的小说写作来说是有重要意义的。

我就说这么多,谢谢大家。

本文系在"第三届中原作家论坛"上的发言

我的文学乡愁

问：您的经历让我想起了鲁迅先生，据我了解，您早些年毕业于某医学专科学校，曾在乡镇卫生院从事临床工作十几年，1998年进入文学出版行业，请问您当初是出于什么机缘"弃医从文"的呢？作家毕淑敏和冯唐也都有类似的医学背景，您对此二位作家的文学作品是否有所共鸣呢？

答：我是医学专科学校毕业的，做了十几年临床医生。但我不认为医生与文学写作真的有什么必然联系，从事哪一个行当的人都有可能成为作家，只要他天生是成为作家的材料。如果做一个统计，曾经做过教师的作家肯定比做过医生的作家要多得多。也许医生的职业要求人理性客观，在一定程度上对写作有帮助，但究竟有多少帮助，也是值得怀疑的。刚刚大学毕业的时候，我就决定要写作，当一个作家。而之所以读了医科，也没有什么明确目的，仅仅是因为当时年纪小，不懂高考报志愿，所报的学校全部滑档,最后只能接受调剂。

我出生在乡村,对乡村生活比较熟悉,作品中较多涉及乡村。至于当下其他作家,我读的不是太多,谈不上发生多少共鸣。

问:您在文学出版行业工作多年,发现并扶植了一批有天分的青年作家。根据您的工作经验和文学审美,您认为什么样的文学作品才是好作品?目前很多年轻人都表示自己"爱好文学",自称"文艺青年",请问您认为什么样的青年写作者才有继续培养的"文学前途"?什么样的青年才算得上真正的"文艺青年"?

答:我觉得写作才能是一种天赋,不是谁都能写好的。一个人要全面了解自己是不是写作这块料,再决定是否要把写作当成终生追求的目标。毕竟喜欢写作的人很多,而真正写作有成就的人少而又少。有语言天赋,又极敏感,拥有自己丰富的内心世界,只有这样的人才应该选择写作。如果选择了写作,就要深读透读文学经典作品,汲取营养,弄明白写作究竟要做什么,写作的目的是什么。经典作品铸就了一个普适性的文学标准,每一个写作者应该向其看齐。说"文无定法"是一种误导。反正好小说肯定有铁的标准,所有经典作品都在说同一个事情,就是用语言在纸上创造一个真实的世界。

至于喜欢文学,做一个文艺青年,那是另一个话题。喜欢文学能让人的生活更丰富,能让人的目光更长远吧。

问:您的长篇小说《夜长梦多》被誉为"书写乡愁与挣扎,穷尽乡村众生相的乡村变迁史诗",请问您认为您所建构的文学意义上的"乡土中国"和现实意义上的"乡土中国"有多大的联系和区别? 您认为"乡土文化"对于当代中国的意义和作用是什么?

答:乡土文化对于中国有着特殊的意义,有一句话说"县城是个大村庄,北京是座大县城",形象概括了中国社会的基本状态。村子是中国最基本也是最完整的社会构成单位,一个村子就是一个世界,其实说穿了,乡村文化是中国社会的主体,是几千年铸就的,是很难改变的。中国人的心理图式乃至社会习俗,一定程度上都是乡村式的,是基于乡村生活而构建的。

至于我的长篇小说《夜长梦多》,似乎还不能局限于一个有关乡村的话题。我出生于村庄,在村庄里长大,我的记忆主体是乡村,我只能将我对人对事的认识放在乡村生活背景上表现。这是一种命定,是由我的出生与经历决定,不是我能改变的。我作品中的乡村绝不囿于一时一地,而是试图把有关人类的所有话题放在村子的舞台上展露。我的小说不是乡土小说,我也无意去专写乡土生活。

问:您的"乡愁"是什么? 能否分享一点您对于故乡的回忆和故事?

答:如果说乡愁,那就是故乡的颓败与凋敝。现在回到村子里,只能见到老弱病残,不再有完整村子的景象。能打能跳的青壮年们都去了外地打工,村街上冷冷清清,过节不再是过节,日子不再是日子。早年的繁盛情形一去不返。回到故乡只有失落,觉得现实中的故乡不是自己的故乡,故乡只在记忆中,在心中存在。一种沉重的失落感,才是真正的乡愁所在。

小时候的乡村虽然贫穷,但充满魅力。小河里的淙淙流水是俯身就能喝的,清凉而洁净;没有雾霾,只有乳白的仙境般的雾。夜空里繁星密布,举目可见天河横亘。田里甚至没有砖碴,当然也不会有玻璃,世世代代耕作的土壤纯如砂糖,随你赤脚走动……而每逢过年过节,总是热闹非常,邻里亲戚穿梭走动,情谊绵远。而现在的乡村地下水位下降,水井干涸,田地濡透了农药化肥,人影稀落,早已不是当年景象。

只有看得见山,看得见水,才能拥有完整的美好乡愁。

问:对您影响最深的一位作家是? 您最喜欢他/她笔下塑造的哪位人物? 为什么?

答:对我的创作有深远影响的是美国作家福克纳,他穷尽一切可能进行叙述,力图创造一个真实世界。在写作技巧层面,在对真实可能性的探索上,福克纳走在最前列,是作家中的楷模。我还喜欢他笔下的人物,都是生活在美国南方的村镇,天然地让人感到亲切。

福克纳说他倾其一生写出了一个比邮票大不了多少的地方,叫约克纳帕塔法县。他塑造的不是一个人物,而是一组群像。很难说他作品中的哪个人物最让人喜欢,而是每个人物都令人难忘,因为他们血肉丰满,比真实更真实,每个人的命运都让人心疼。尤其是福克纳笔下的少年,别具丰采,其忧郁与感伤、成长期的疼痛,都让人为之震动。

问: 您最希望将自己的哪一部佳作推广到海外呢? 作品针对哪类读者群体? 考虑到国内和海外读者的价值观和世界观不同,您最希望通过作品向海外读者传递的思想或心声?

答: 当然最希望我的长篇小说《夜长梦多》走向海外,让不同国度的人能看见当代中国人的真正生活,这些人的爱恨愁苦以及和所有人类一样的心灵悸动。因为我的文字不只是故事层面的描述,而重在心灵世界的雕绘,更能与不同地域不同文化背景的人息息相通。我相信人类的心灵总是相通的,不同的只是表层生活方式的微小差别。

问: "读万卷书,行万里路",您也常去不同的国家进行交流,让你感受最深的事是什么? 在您的阅读经验中有没有什么不同文明的文学世界共融的趣事?

答: 这些年因为工作需要,我到过不多的几个国家,但到这些国家之前我已经通过文学作品对这些国度进行了一些了解,所以也没感到有什么特别的不同。除了浅表的相异,人类所面临的所有问题都是一样的,生老病死爱恨情仇没什么不同。我很欣赏博尔赫斯的生活观念,他对旅游不感兴趣。太阳之下再无新事。对于一个作家来说,他除了沉入自己的回忆外,别的任何新异事物都引不起他的兴致。他只需要用思想照亮记忆,并用文字记录下这即将随着肉体一同湮灭的形象,别无他求。

当然,也有一些感受,就是中国文学作品在其他国家的影响力,确实不敢恭维,和外国文学盛行于中国不太对称。应该有更多中国的一流文学作品走向世界,让世界通过文学来深入了解中国,像我们通过阅读了解世界一样。

问:您比较欣赏哪一个国家或地区的文学作品? 与外国文学相比,您觉得中国当代文学的独特性和不足之处分别是什么?

答:我最喜欢俄罗斯文学,走出了那么多大师,对世界文学产生了那么深远的影响。俄罗斯文学沉重而灵动,从陀思妥耶夫斯基开始,总在揭示人类的苦难,但同时又充满勃勃生机。列夫·托尔斯泰、契诃夫、帕斯杰尔纳克、布尔加科夫、巴别尔、索尔仁尼琴……他们总在关注人类心灵,同时孜孜不倦地探索着小说写作的各种可能性,对小说艺术作出了突出贡献。

因为各种各样的历史原因和文化原因,中国当下的小说存在着一些不足,我觉得主要是过于看重故事,而在一定程度上忽略了对一个完整真实世界的建构,真实度不够。许多作品充其量只能称其为雅故事(用雅致的语言所写的故事),而与真正的文学——小说有距离。

但中国有一批作家正在殚精竭虑地思考并尝试小说的写作,最重要的是这些人都饱读诗书,知道好小说是什么,他们应该做什么。所以,我对中国文学的未来充满希望。

问:请问您对中国文学的海外翻译和"中国当代文学精品海外译介与传播论坛"这个活动平台怎么看,如果您愿意提出建言献策那就再好不过了。

答:中国在发生着伟大的变化,世界渴望了解中国,中国渴望走向世界。在这个特殊时刻,"中国当代文学精品海外译介与传播论坛"的举办,有着非同一般的意义。今年适逢新文化运动一百周年,一百年来我们重视外国作品的汉译,对中国作品的外译重视不够,这是外国人对中国了解得不多的一个原因。衷心希望"中国当代文学精品海外译介与传播论坛"能够办好,联结中外,让汉学家与中国作家直接对话,切实促进中国文学作品走出国门,融入世界文学的洪流中去,让世界全面了解中国。

本文系中国译研中心访谈

我觉得我真正的写作还没有开始

问:《大益文学》第十八辑主题为"现在",在序言中我们谈到了现在文学"有一种背对未来的不确定性",请问您是如何看待当下写作所面临的困境?

答:我不是太理解题意,我就揣摸着回答吧。"背对未来的不确定性",还有作品的"辨识度""完成度"之类的似是而非的新词,有点像袜子戴在了手上,你不能说它不是手套,但你知道那不是手套。这也像极了我们现在的写作,大部分小说拥有小说的风貌但并不是小说,只是用雅致的语言讲述的故事。故事是一个线性事件,人有爱听故事的天性,社会需要故事这类娱乐性文化产品。而小说则是用语言创造的一个立体世界,语言的魔法使这个纸上世界丰富而真实。小说之中暗藏着故事,但绝不以故事为核心。因为当下文学的发育生长受到诸多社会因素的浸染浸渍,区分故事与小说本是常识性问题,却成了写作的一种困境。我觉得小说革命首先要进行小说常识的启蒙,写作者应该质问"什么是小说"这个原始问题。我们不能再纠结于题材、社会意义、形式结构、典型事件、典型人物、可读性等次要元素,首先要看是不是小说。皮之不存,毛将焉附。如果根本就不是小说,其他一切都无从谈起。

问:序言中还提到创作是一场冒险,冒险中不乏失败与突破,那您是如何看待"失败的作品"的?

答:作家写作失败应该是一种常态,而成功才是偶然。海明威一篇小说会写几十个开头,最后只选定其一,但也可能许多次他都写了一多半,然后自己又否定掉了。马尔克斯说他的每篇小说都酝酿数十年,最后才见诸笔端,我不信中间他没有试写过多次,而多次都写上几页又扔进了垃圾篓。鲁尔福一生只出版了一部短篇小说集,还写过一部中篇,他肯定不止这么多作品,据说他写好没有拿出来面世的更多。连列夫·托尔斯泰也不例外,写完《战争与和平》后又动手写一部新长篇,写了一部分最后不了了之。由此可见,处于不断探索中的作家写作失败是正常的。他要寻找一种更符合自己心意的全新写法,但他无法把握这种探索每次都能成功。好在只要他是个好作家,最终他总会从泥坑里爬出来,喘喘气再往前走。所以,写好的作品最好放上一段时间,最好三年五年,再拿出来发表或出版更合适,这时你就能够大致判断这作品的优劣了。

问:在此次"小说"栏目中,收录了您的《七月半》,您是出于怎样的考量采用这个标题的?

答:一个作家终其一生都在说同一句话,他试图用他所有的作品去说清楚一个问题。困扰陀思妥耶夫斯基的问题是"上帝是否存在",他的所有长篇小说、中短篇小说都在追问并试图解答这个问题。蒲松龄天天想的是怎样才能脱离苦闷的现实窘境,要么得道成仙,要么狐鬼相伴。我学过解剖学,也学过组织胚胎学、人体生理学,现代医学对人身体的研究已经到了分子水平,却无法解释智慧是怎么一回事,当然也回答不出人是否有灵魂这个核心问题。我们对自身的了解和对月球的了解一样少得可怜。如果人有灵魂,身体死亡后灵魂是不会消失的,这也是中国盛行了几千年的传统鬼节的根因——七月半是一个鬼节,传说这一天阎王爷要放阴界的鬼魂出来四处游逛。用这个标题,也是质疑在我们日常的现实世界之外,是否有一个未知世界存在。

问:在过去那个物质与精神都相对贫乏的时代,您还记得最初是如何接触并喜欢上文学的吗?

答:在我幼小的时候,连环画风行一时。我们差不多每人都有一本连环画,作为基础资本与别的孩子交换着过眼瘾。有时我们也挤作一堆,耳鬓厮磨地紧盯着同一本画册。那时候看书不需要净手沏茶之类的前戏,极容易陷落入港。从人缝里看见烈火英雄邱少云头戴树叶帽怒目圆睁趴卧火丛中,我马上浑身焦痛难忍。画册里的文字也精美,从不舍得漏过一个标点符号,看了还想看,想看透那字那画后头深藏的一切。所有能到手的连环画我都不只看一遍两遍,这应该是最初的文学教育。之前八九岁的时候也读过当时流行的一部长篇小说,只认得一半字,磕磕绊绊推敲着读完。因为没有字典,生字全读半边音,这是日后读错字的肇始,但也是阅读的启蒙。

但真正让我痴迷写作的,还是作文课。我读初中的时候,学校大梦方醒,突然开始重视学习,不再像以前那样折腾着要把自己变成一处牲口院或者劳改小农场,一会儿养羊养牛一会儿拾麦拾砖碴儿。猛然的风向转变让老师们措手不及,没有课本也没有各种学习材料,只能比葫芦画瓢地讲课。我写作文很在行,几乎每篇作文都被当成范文在课堂上被老师朗读,还被同学们传抄背诵,当成学习资料。这让我自豪自信,也提起了我的无限兴致。对写作的热爱源于斯,后来读高中时我甚至在暑假里试图写出一篇小说。那篇小说当然没写成,只开了一个头,但此后我却开始写日记,写作成为一种日常习惯。

问: 从医的经历对于您的写作有什么影响吗?

答: 在开始学医之前,我已经喜欢文学,所以我对医学与文学关联紧密不是太认同。但医生与作家的工作性质确实有相通之处,比如冷静与理性。面对病人,医生需要理性地分析症状体征,不能有任何感情介入,所以有一句话叫"医不自治"。医不自治,就是医生给自己看病不可避免地会介入感情,诊断与治疗可能会受到干扰。初习写作者最容易介入感情,甚至会出现大段大段的抒情,这是因为还没有学会冷静地对待作品中的人物,没有把自己作为一个观察者与记录者从其中析出。而一个成熟的作家一定是冷静的,他要描绘出人物的感情高潮,他当然不能跟着去激动。他越是冷静越能观察细致,写得也越真实。作家的工作有点像戏台上的演员,要进入剧情,但也要时时刻刻明白自己是在表演给别人看,入戏和表现要融为一体。治病救人能够让人理性,可以看作是写作训练之一种吧。

问:可以谈谈您最欣赏的作家和作品吗,您会喜欢具有怎样特质的文学作品呢?

答:我最喜欢福克纳,他的长篇小说《喧哗与躁动》《八月之光》和中篇小说《夕阳》《花斑马》都是小说写作的典范作品。福克纳是一个天才小说家,他的叙述千变万化,从而创造了一个无限丰富的世界,令人叹为观止。他将叙述者、被叙述的人与事、虚拟听众三者之间的距离与角度随意变换,达到高度真实,但又不失自然。福克纳把写作技艺发挥到极致,他的作品对每一个写作者都是挑战。他是作家的老师。

问:您平常喜欢阅读哪类书?对于阅读与写作的关系,您有怎样的体会?

答:你是个木匠,要想当个好木匠,必须向最好的师傅学习,看他们做出了哪些好活儿,是如何做出来的。写作者必须精读经典作家的经典作品,要分解式阅读,一遍一遍读,只有这样才能悟出其中的诀窍。经典作品常读常新,每一次重读都会像第一次读一样,都会有全新的发现。一般读者关注的是作品表现了什么,专业读者则应关注作品是如何表现的。系统性地分解式精读十个以上经典作家的所有作品,是对一个写作者的基本要求吧。

海明威说作家要读死人的书,要与死去的作家较量。他说他可以和契诃夫打个平手,但和列夫·托尔斯泰较量两个回合就会败下阵来。时间的大风一起,铺天盖地的文字垃圾会慢慢吹散消匿找不见踪影,只有那些有强劲生命力的作品才会一直活着。所以,写作者应把阅读的重点放在经典作品上,而不是当下繁芜的文字。

我觉得作家不是学问家,也不一定读书越多越好。学以致用,读书的目的还是为了写作,谁也不可能读尽天下浩如烟海的所有好书。再说对于作家来说,更重要的是读透人生这本大书。

但一个喜欢孤独的人,除了写作,不读书又能干什么呢?

问:创作了这么多年,您对于自己的创作之路有什么新的规划吗?

答:我总觉得真正的写作还没有开始,我天天在琢磨在学习写作。我想找到适合我的叙述声音,并用这种声音更深刻地表现真实。我竭尽全力让自己能时时处于一种激情叙事状态,让诗意的语言激惹起纷飞的记忆,使想象的世界天花乱坠。

问:这几年,很多昔日的先锋作家都纷纷返回了现实主义创作,如果纯文学不再是当代大众阅读的中心,文学性也不再是作家创作时首先考虑的问题,这些概念对于创作的意义是不是也发生了变化?

答:我觉得所有好作家都应是先锋的,他应该站到他的时代的最前端。所谓的现实主义创作是不存在的,就像也没有什么先锋作家一样,只有写得好与不好之分。好作家既然站到他的时代的最前端,他的时代认不出来他也是常有的事情,因为他是开创性的,不墨守成规。他与众人拉开了距离。他压根儿就没有入列。曹雪芹是这样,蒲松龄也是这样,甚至塞万提斯、麦尔维尔、卡夫卡、福克纳、布尔加科夫等,也是当时在一定程度上被边缘化的作家。边缘化是文学的正常位置。大众阅读不是文学,文学不该诌媚大众。脍炙人口、洛阳纸贵什么的,是在误导写作。文学是有很高门槛的,永远是小众的。无论时代发生什么变化,文学从来没变过。当下更不例外。

问:在您看来,当代文学创作的人物有哪些新变化?他们具体体现出的哪些特征是符合当下大家变化了的生活的?

答:太阳之下再无新事,当代文学的创作与过去没有任何区别。年代变了,变动的只是浅表性的外在符号,而本质从来没变过。有一些写作者在赶时髦,要写新时代出现的新人物,好像只有这样才能符合当代人的审美趣味。一个作家有一个作家的文学世界，沈从文要是因为进了城就将创作重心放在城市，也就没有了他丰饶的湘西世界。作家要寻找自己的文学世界，要挖一口深井，而不是去开拓面面俱到的大海。

本文系《大益文学》访谈一

让文学回归文学本身

问：我们一直提倡一种文学的先锋精神，您如何理解当下的先锋精神（先锋性）？

答：当下的先锋精神，应该是真正的文学性，就是让文学回归文学本身。不仅是形式上的新异，最重要的是要弱化作为娱乐属性的故事因素，强化用语言呈现一个真实世界的艺术性。由于文化、历史、现实的方方面面渗透影响，偏离文学性是当下写作的突出问题。每个写作者都想写出传世佳作，但一个时代的整体风气很难违抗。先锋就是要推倒那些习惯的壁垒和高墙，冲开一条口子，闯出一条新路，斩断旁杂阻绊，直抵文学本质。

问：聊到文学经典，我们大多还是会提及西方经典。这带来一个很重要的问题：中国文学和西方文学到底差异何在？在您看来，二者的优、劣到底是什么？我们到底比西方"少了什么"？

答：中国文化重视诗词文章而轻小说，这一点从"小说"这个

"小说家的散文"丛书

（以出版时间先后排序）